Ingeborg Christ

Das Gauklerparadies

Impressum:

Copyright: Ingeborg Christ
für Texte
und Cover-Malerei „Der Wind hat mir ein Lied erzählt".

Herstellung und Verlag: BoD Norderstedt

ISBN 978-3-7528-4542-6

Zur Autorin **Ingeborg Christ:**

1940 in der Eifel geboren, lebte vorwiegend in Köln und Lindau am Bodensee.
Ihre Texte wurden über Jahre in Literaturzeitschriften, Gemeinschaftsbänden und Anthologien veröffentlicht, wie in Stuttgart, Wien, Salzburg und Köln, sowie in Bombay/Indien, und in Jahresbänden der „Frankfurter Bibliothek".

Als Einzelbände erschienen:
* „Die kleinen Träume vom Glück" / 2010
  Kurzgeschichten mit Gedichten und Malerei
  ISBN 978-3-8391-7411-1
* „September-Rose" /2011
  Roman
  ISBN 978-3-8423-9834-4
* „Die Zeit, die wir haben /2012
  Gedichte
  ISBN 978-3-8448-3029-3
* „Mio piccolo Mondo" / 2012
  Meine kleine Welt
  Roman
  ISBN 978-3-8448-9629-9
* „Baikal-Liebe und mongolischer Wind" / 2014
  Roman
  ISBN 978-3-7357-6588-8
* „Das andere Leben" / 2015
  Geschichten
  ISBN 978-3-7392-8092-9

Exposé:

Das Gauklerparadies
ist unsere Welt, sowie auch die all jener, die sich am Ende
vielleicht irgendwo wiedersehen: Menschen aller Völker und
verschiedener Religionen, Menschen aller Art.

Das Buch: Ist es Glaube, Hoffnung, eine Überlebens-Philo-
sophie aus der ewig währenden Sehnsucht nach Liebe und
Frieden? Egal!
Die Begegnungen in jenem anderen Paradies bringen aus der
Distanz heraus mannigfaltige Diskussionen über das Erdenleben mit sich. Namhafte Menschen mit Welterfahrung und
Wissen beurteilen das Weltgeschehen mit wachem Geist und
mit Herz. Es wird beurteilt, gespöttelt und gemahnt.
Auch die Sehnsucht spielt mit nach dem Leben auf einer schönen blauen Erde - oder einer zurückgelassenen Liebe; denn sie
lebt in der Seele.

Ein Buch, über das sich nachdenken lässt.

~

Es gibt ein Land
der Lebenden
und ein Land
der Toten
und die Brücke
zwischen ihnen
ist die Liebe

Thornton Wilder

*

Ich stelle mir das Sterben vor
so wie ein großes helles Tor
durch das wir einmal gehen werden.

Dahinter liegt der Quell des Lichts
oder das Meer, vielleicht auch nichts.
Vielleicht ein Park mit grünen Bänken?

Doch eh nicht jemand wiederkehrt
und mich eines Besseren lehrt
möcht ich mir so den Himmel denken.

Reinhard Mey

Das Gauklerparadies in den Kapiteln:

- Einmal mit den Vögeln fliegen
- Der erste Frost
- Nichts und Amen?
- Mariann's Mission
- Das neue Kleid
- Ein paradiesischer Garten
- Im großen Forum
- Die Gesellschaft
- Diskussionen zum Weltgeschehen
- Resümee beim russischen Schach
- Sehnsucht im Abendrot
- Ein Kranz aus Lotusblüten
- Julia
- Pako
- La-le-lu
- Ein Tänzchen in Ehren
- Das Mani sakla
- Mascha's sibirjakische Seele
- Indio-Träume leben weiter
- Flieg Maya, flieg!
- Paradies-Geplänkel
- Im Land der Tiere
- Tantems Rückkehr
- Un aura amorosa
- Gipfel-Prognosen
- Eine kleine weiße Taube
- Rosengeflüster
- Das Leben

Der Baum

Mit Blatt und Blüten stand schon fertig der Baum
in der ersten Sonne des Frühlings
„Soll ich…?" blies der Frühfrost aus einem eisigen Raum.
„Mein Liebster, bitte sei lind",
baten die Knospen
„bis wir zu Blüten geworden sind!"

Sie wurden zu Blüten
als die Nachtigall sang.
„Soll ich …?" rief der Wind
und schüttelte sie lang.
„Nein, lass lieber Wind,
warte noch bis wir Früchte sind!"

Des Baumes Früchte reiften
süß in der Sommerglut.
„Soll ich …?" fragte der Wind
und setzte an zum Zug.
„Nein, scher dich fort!" rief stolz der Baum
in seinem schwellenden Gut.

Als er sich sonnte in Purpur
in Siena, Ocker und Rubin
kam wieder der Wind:„Bist du bereit?"
„Aber nein! Sieh doch mein Kleid!"
„So komm! Es ist geblüht und geerntet,
und es gibt nicht nur Zeiten der Herrlichkeit!"

Der Baum:

Auszug aus einem norwegischen Gedicht von Björnstjern Björnson aus den Jahren um 1850. Ins Deutsche übertragen von Christian Morgenstern.

1994 umgeformt in die heutige Sprache und ergänzt von Ingeborg Christ

Ingeborg Christ

Das Gauklerparadies

Ein illusorischer Roman

Das Gauklerparadies

Einmal mit den Vögeln fliegen ...

Es lag nicht nur daran,
dass der Hibiskus draußen an der Mauer leise die roten
Schleier seiner letzten Blüten schloss, und auch nicht daran,
dass die weißen Sommer-Segel auf dem See lautlos zusammenklappten wie sterbende Schwäne; dass kein Duft mehr
von den Rosen ausging, die die still gewordenen Terrassen
umrankten, auf denen Lachen und Leben verstummt war;
oder daran, dass die Amsel vor dem Fenster das letzte Lied
vom Sommer sang, und Wehmut zu spüren war, wenn das
Alphorn klang, ... nein; ein allgemeines Abschied-Nehmen lag
in der Luft.
Still ruhte der Karersee unter den vielen hohen Türmen des
Latemar und denen des Rosengartens in den Dolomiten. Die
Brutnester der Wasservögel an seinem Ufer waren leer. Tief
neigte sich das Schilf darüber, als wollte es sie immer noch vor
den Augen der Raubmöwen beschützen. Letzte Sonnenstrahlen verirrten sich in den Halmen, tanzten auf dem Wasser
und verschmolzen in der untergehenden Sonne zu einer
rötlichen Decke, die sich auf dem See ausbreitete.
Die Abende waren still geworden; doch es gab immer wieder
einen neuen Tag, an dem sich das Leben regte. Kurz vor der
kalten Jahreszeit kamen noch täglich Scharen von Zugvögeln
und Enten aus dem hohen Norden, die jeden Herbst über die
Alpen nach Süden flogen. In großen Pulks landeten sie an den

Ufern des Sees; dort ruhten sie über Nacht. Andere hockten in der Dunkelheit als kleine schwarze Gestalten auf den Dächern der Häuser. Die wilden Enten mieden das Ufer. Draußen auf dem See schliefen sie Tag und Nacht, bis sie eines Morgens im rauschenden Geschwader in die thermischen Winde stiegen. Alle ahnten den ersten Schnee, der in der nächsten Nacht fallen würde.

Magdalena sah ihnen nach, bis sie in der Ferne als kleine dunkle Punkte in den Wolken verschwanden. Dabei regte sich auch in ihr ein leises Sehnen nach dem Land der Wärme, an dem das Leben neu begann. Irgendwann werde es auch für sie ein Sommerland geben, in dem sie ihr Platzerl finden werde, tröstete sie sich. Der Tag würde schon kommen, an dem auch sie einfach davonfliegen werde. Später, nur noch nicht jetzt!

Waren auch die süßen Düfte der Rosen und die Leichtigkeit des Sommers verflogen, so wehrten sich noch die schönen Erinnerungen gegen die Gedanken an eine bevorstehende kalte Zeit. So auch in Magdalena.

Würde es für alles, was lebte und über den Winter ruhte, einen neuen Frühling geben, so war es für ihr eigenes Leben ungewiss. Eine Sorge hatte sich bei ihr eingeschlichen und sie frieren lassen wie in einem rauen, kalten Wind, der die erste Frostnacht ankündigte. Sie hatte dem Ende nicht mehr viel Kraft entgegen zu setzen. Schmerzen und Krankheiten hatten sie müde gemacht, und ihr die gewohnte Lebenslust zu größeren Alltagsplänen genommen. Ihre Zeit schien absehbar zu sein. Doch den eigentlichen Willen zum Leben hatten sie nicht brechen können. Er lag fest verankert in ihren Wurzeln, wie bei den meisten Menschen.

Noch war es nicht an der Zeit zu resignieren. Sie war es nicht gewöhnt, das aufzugeben, was ihr lieb und teuer war. Und erst recht nicht das Leben!

Hatte sie sich auch schon gebeugt wie das Schilf, und die süßen Früchte des Lebens geerntet, so war sie doch noch nicht bereit, mit den Rosen und dem Hibiskus verblühen zu wollen.

Solange sich die Uhr des Lebens drehte, gab es immer wieder einen neuen Morgen, an dem die Amsel sang wenn die Sonne oben im Sella-Joch erwachte. Sie erhellte zwar die Welt und das Gemüt, aber sie wärmte nicht mehr wie früher, und der Winter war nah.

*

Der erste Frost

Magdalenas Geist und Seele hatten sich im Dämmerlicht eines frühen Morgens auf die Reise gemacht, während er erste Frost die Gräser im Garten in strahlendweiße Kunstwerke verwandelte. Ein kalter Wind zog darüber und ließ die zarten filigranen Eiskristalle klirren. Es hörte sich an wie eine leise Melodie. Erste Sonnenstrahlen fielen auf die glitzernde Fläche, leuchteten goldig, als gäben sie dem jungen Tag den Auftakt eines frohen Festes.

Schön wäre es anzusehen, aber Leonards Augen waren vom Kummer getrübt, und es fror ihn bis ins Herz.

Seine Lena hatte ihn verlassen, die mit ihm das Leben geteilt hatte! Jahr für Jahr, und Tag für Tag war sie an seiner Seite geblieben, zuverlässig und stark; und so hatte er sich bis heute irgendwie auf ihre Dauerhaftigkeit verlassen.

Doch nun schien sie fortgegangen zu sein, still und leise wie in einem komaähnlichem Schlaf. Ihren reglosen Körper hatte sie zurückgelassen. Schön und natürlich sah sie darin aus, solange sie nicht die Augen öffnete. Doch wenn, würden sie ohne ihre Seele ins Nichts blicken, wußte Leonard. Aber er wehrte sich dagegen, sie gehenzulassen. Hätten Beatmungsgeräte sie am Leben halten können, fragte er sich, als er wieder an ihrem Bett stand? Was vermag die Medizin, wenn ein Mensch so einfach stirbt? Sie lag da, und war doch weg. Grübelnd stand er vor ihr. Wohin mochte sie sein? Kein Mensch wußte es! Käme sie zurück, würde sie sich vielleicht nicht erinnern. Und wenn nicht, blieb es das Geheimnis aller Geheimnisse, dem man nur illusorisch folgen konnte.

In Leonards Kopf drehten sich die Gedanken. Er trat ans Fenster und sah zum Himmel hinauf. Lena hatte mit dem Glauben und der Hoffnung an ein späteres Dasein im Paradies gelebt. Es hatte ihr Ruhe und Zuversicht geschenkt. Er war bei diesem Thema stets anderer Meinung gewesen und hatte ihr leid getan. Logisch und nüchtern wie er nun mal war, war ihm der simple Glaube an die imaginären Dinge nicht gegeben.

Manchmal hatte sie ihn sogar trösten wollen und gesagt:

„Auch du wirst nicht einfach sterben und im Nichts enden, Leonard! Nicht du, dessen Geist zu wach ist für nur ein Leben, und die Seele zu gut, um verloren zu gehen!"

Das hätte er schon gerne geglaubt!

„Ach Lena, meine Seele, komm zurück! Und pfiat di Gott, wo immer du jetzt sein magst!

*

Nichts und Amen?

Auch in Magdalenas anderen Welt glitzerten Lichter in der milchigen Blässe des neuen Morgens. Täuschten sie zunächst ein Paradies vor, so waren sie nichts anderes als das Funkeln der Sterne auf den blanken Steinen am Boden.Verwirrt stand sie da und nahm das Niemandsland wahr, in das sie nach dem Eintauchen in eine wunderbare Seligkeit plötzlich hineingeraten war. In ein Land zwischen den Welten?

Wo war es, das Paradies, das helle Licht, die Wärme der Liebe, und das pure Glück, das sie zunächst empfunden hatte?

Doch hier war kein Paradies! Niemand empfing sie. Wo gab es den Duft von süßem Jasmin, wo blühte die Amaryllis; wo war der Geruch nach Nelken und Zimt, wie sie es sich vorgestellt hatte. Keine Orangen- und Olivenhaine, keine süßen Melonen, Ananas oder Mangos! Und Palmen am Strand, deren Zweige im warmen Wind fächelten; wo waren sie? Magdalena sah kein grünes Blatt! Keine Bananensträucher und Dattelbäume, in deren Schatten man sitzen könnte!

Wo war die Sonne, fragte sie sich? Das Licht war weißgetrübt und nicht warm. Darin konnte nichts gedeihen. Nichts, was man Leben nennen könnte! Und kein Mensch!

War dies wirklich das Nichts und Amen, wie Leonard gesagt hatte, und gegen das sie sich immer gewehrt hatte?

Ratlos wie sie war, begann sie zu klagen:

> „Ach, wo bin ich gestrandet
> aus meinem Land so gut und fern?
> Wird mich der Wind forttragen
> zur Sonne hin, oder einem Stern?

*

Mariann's Mission

Mariann war es, die sie aus ihrem Trauma holte.

Sie komme auch aus den Bergen, „die selbst im Sommer Schneemützen tragen!", lachte sie.

So wie sie lachte, war ihr Wesen: frei und unbekümmert. In Eile hatte sie erst an Magdalena vorbeihuschen wollen und, Gott wußte warum, hatte sie bei ihr angehalten. Leicht und schwerelos hüpfte sie auf einen hohen Stein und sah mitleidig und prüfend auf sie herab.

„Bist' erst angekommen?" fragte sie.

Magdalena nickte und blickte sie verstört und fragend an.

„Aber hier … wo bin ich"?

„Komm, setz dich mit auf diesen Stein!" sagte Mariann nur und rückte ein wenig zur Seite.

Dort saßen sie schweigend beieinander. Magdalena fragte sich, ob sie wohl ein Engel sei, der ihr geschickt wurde? Einer von diesen schönen aus den Bilderbüchern der Kindheit, der die Kinder über den Steg des Abgrunds führte. War es nicht so, dass auch sie ja noch über eine Brücke gehen musste, wo doch hier kein Platz zum Bleiben war?

Aber nein, Mariann war kein Engel! „Nie gewesen!" lachte sie laut. „Wo wäre ich denn im Leben hingekommen?! Da musste man sich doch mit allen Bandagen wehren, so oder so".

Eine gewitzte Seele schien sie zu sein, und eine lebenskluge, gescheite. Doch wohl auch eine gute; denn sie war der Meinung, dass sie hier sei, weil sie nicht einmal eine Fliege hätte erschlagen können, geschweige denn Hühner, Gänse und Ziegen! Ihren frechen Buben habe sie nur gedroht, und sei

15

ihrem Mann, der den Pflümli-Schnaps mehr liebte als sein Weib, stets zu Diensten gewesen, habe ihm seine Suppe gekocht und an seinen schlechten Tagen auch seine Arbeit getan. Zum Ausgleich dafür habe sie hier eine „himmliche Flamme", sagte sie lachend. „Rein platonisch! Jenseits von Gut und Böse!" beteuerte sie.

Wie alt sie war, wußte sie nicht. „Es interessiert doch Niemanden mehr. Geburtstage, Jubiläen und Kalender gibt es hier nicht!" sagte Mariann.

„Vielleicht habe ich jetzt an die zweihundert Jahre?" meinte sie schulterzuckend, umfasste ihre hochgezogenen Knie mit den Händen und drehte sich lachend wie ein aufgezogenes Spielzeug auf ihrem Stein.

„Hast du schon mal so eine zweihundertjährige Vergnügte gesehen?"

Ihr fröhliches Lachen schallte über das traurige Land und nahm etwas von der Schwermut mit, die sich wie ein Schatten ausgebreitet hatte.

Mariann kannte ihn, diesen Schatten. Sie nannte ihn „den Scherbenhaufen unserer Illusionen", auf dem am Ende jeder sitzen und warten würde, davon befreit eingelassen zu werden ins Paradies. Aber auch dort werde ein Asylantrag geprüft, der zum Bleiben berechtigte, sagte Mariann.

„Du mußt dafür hier an diesem Platz dein Leben mit allem Guten und Schlechten ohne Selbstgefälligkeit beurteilen lernen. Dein eigener Geist, der sich ja auch im Leben frei für alles entschieden hat, soll nun auch hier erkennen, was richtig war oder falsch. Er ist im gereiften Menschen die verantwortliche Institution", sagte sie ernst. „Dein Gewissen!

Eigentlich brauchst du keine Hilfe dafür. An ihm liegt es zu beweisen, ob auch seine Verdienste es wert sind, ein Überleben nur mit der Seele einzugehen, die hier beheimatet ist.

Dieser Prozess ist ein einsames, unbarmherziges Gericht!" sagte sie. „Und es demütigt! Der Inhalt des Lebens breitet sich vor dir aus, herausfordernd und schonungslos!"

Mariann versuchte dabei zu helfen:

„Der, dem die Demut abhanden gekommen ist, muß sie hier wiederfinden", sagte sie. „Ohne sie gibt es kein Sehen und Verstehen, und auch kein Urteil. Durch sie legt der Mensch die Selbstherrlichkeit ab, mit der er so gerne durchs Leben ging, so unschuldig und gut. Gut zu sich selbst!

Sie war es, die seine Ichbezogenheit nährte, und die Arroganz und Rechthaberei. Sie war die Krankheit der Macht, die sich daraus entwickelte, und nicht vom Menschen selbst erkannt und behandelt wurde. Sein Gewissen regte sich kaum noch, weil er es mehr und mehr verstand, seine Hände in Unschuld zu waschen".

So war es wohl. Auch Magdalena erinnerte sich daran, wie sich so mancher Selbstgefällige daraus zum kleinen König gekrönt, und von allen anderen erwartet hatte, dass sie zu ihm als einem Vorbild aufblickten.

„Ja, die Unschuld der Erdenmenschen", seufzte Mariann. „Hier aber werden die Kronen abgelegt. Und hier kommen auch die Wunden zutage, die Demütigungen, die sie mit ihrer selbstgefälligen Art und stillen Macht zufügten; denn auch der einfachste Mensch fühlt, was ihm an Rechten und Achtung zusteht. Egal, ob jene Menschen öffentliche oder versteckte kleine Despoten im alltäglichen Kleinkrieg waren: herrschen und siegen wollten sie immer, und verletzten und demütigten darüber andere.

Und wie erging es der Liebe in der Welt, und den guten Eigenschaften der Seele, die auch imstande wären, die Welt zu verändern, wenn sie stark genug wären!"

Sie fragten sich, wie man mit der Liebe umging in der Welt? Magdalena schien sie wie eine Handelsware geworden zu sein: Liebe für Liebe – oder keine! Die Menschen waren berechnend. Wo gab es noch die selbstlose Hingabe? Es hatte sie nur bei den wahrhaft Religiösen gegeben, wie bei Mutter Theresa und vielen anderen, an die sich Magdalena erinnerte. Sie waren den göttlichen Weg des Halacha gegangen, allen bequemen egoistischen Eigenschaften zum Trotz! Aber das war nicht jedem gegeben.

Beschämend fragte sich Magdalena auch, wie wenig sie selbst mit ihrer Hingabe aus Liebe bewirkt hatte. Hatte sie auch gern aus ihrem Herzen geschenkt, so war es immer noch nicht genug gewesen. Die Menschen waren so hungrig nach Zuneigung. Auch sie hatte sehr gern von diesem Elixier der Seelennahrung genommen und war nie satt geworden.

Vielleicht war sie gar vermessen gewesen, wenn sie mehr Liebe erwartet hatte? Und dumm zu glauben, dass sie ein Recht darauf habe! Sie war und blieb ein Geschenk aus freiwilliger Hingabe. Erhielt man sie auf Verlangen, war sie es nicht mehr!

Sie, Magdalena, hatte die Liebe selbstloser, auch ohne Eigennutz, verschenkt, wenn jemand sie gebraucht hatte. Sie hatte sogar geliebt, wenn sie vorher gekränkt und enttäuscht worden war.

Dann hatte sie Nachsicht walten lassen. Im Streit hätte ihr zuviel Unfrieden gelegen. Ja, doch, sie hatte ein großmütiges Herz!

„Und damit hast du gedient!" sagte Mariann.

Still saß sie auf ihrem Stein und folgte Magdalenas Gedanken. Deren Rückblicke ließen auch die Erinnerungen an ihre eigene Zeit wieder aufleben. Sie dachte an die Rolle der Frauen damals, die so ganz anders gewesen war als heute. Kein Wunder, dass sich diese armen Weiber das Paradies erworben hatten, so wie sie!

Im Vergleich dazu zeigte sie Magdalena jene Lebensumstände auf, damit diese ihr eigenes gutes Leben erkennen und dankbar sein möge.

„Schau, wie war es denn früher; wie erging es den Frauen? Und was erleben sie auch heute noch mancherorts in der Welt, wenn sie arm und hoffnungslos den Zwängen unterliegen! Auch wir fügten uns damals", sagte Mariann und dachte zurück. „Sogar in den heiligen Stand der Ehe wurde auch ich noch als halbes Kind einem Mann mit der Aufforderung befohlen, ihm „untertan" zu sein, und mit dem kirchlichen Gebot, sich zu achten und zu lieben, verheiratet: „Bis das der Tod euch scheidet!" Verständnislos schüttelte sie den Kopf. „Wie kann ein Kind das versprechen?" fragte sie.

„Ja, ich war fügsam und untertan, wie es von mir verlangt wurde; wir Kinder waren zum Gehorsam erzogen worden. Aber ich war es nur solange, bis sich mit den Jahren eine Auflehnung gegen die fehlende Achtung in mir aufbaute. Außer dem Bauern diente ich auch noch seiner herrischen Mutter, die kein Herz für mich hatte. Beide sahen in mir die kleine Magd, über die sie ganz nach Belieben bestimmten. Er glaubte, sein Weib gehöre ihm, bis ich irgendwann nicht mehr willig und großmütig genug war, ihn bedingungslos zu lieben. Um bestehen zu können, wurde ich raffiniert und berechnend. Aufgemuckt habe ich, und den Streit nicht gescheut – im Gegensatz zu dir, Magdalena! Die kleinen Erfolge, die ich daraus erzielte, reichten nicht weit. Aber sie beruhigten zumindest meinen verletzten Stolz ein wenig, so dass es sich vorübergehend wieder etwas leichter leben ließ.

Na ja", meinte sie: „Es wurde mir wohl verziehen, weil mein Leben hart und schwer war, und mehr als bescheiden."

Sechs Buben habe sie schon gehabt, als sie erst Anfang zwanzig gewesen sei. „Und im Ganzen zwölf Kinder!",erzählte Mariann.

„Ach du Arme!" bemitleidete sie Magdalena, die gedacht hatte, mit der Versorgung von Mann und vier Kindern schon eine große Leistung erbracht zu haben. „Dann hast du dir schon den Himmel auf Erden verdient!" sagte sie.

„Ja", nickte Mariann; „es war schon schwer. Alle hatten es schwer! Wir wurden unserer Kindheit beraubt, mußten stattdessen gleich erwachsen sein, Kinder gebären, Verantwortung tragen und die Not des Lebens erleiden. Viel zu jung waren wir für diese großen Belastungen!"

Und sie erinnerte sich daran, dass sie einmal sogar habe weglaufen wollen. „Vorher sagte ich es meiner Großmutter, die ein Herz für mich hatte. Sie aber erzählte mir, dass auch sie einmal gehen wollte. An einem späten Abend, als alle schon schliefen, sei sie aus ihrem Dorf hinausgegangen. Auf einem Hügel habe sie sich noch einmal umgesehen. Überall auf den

Häusern hätten leuchtende Kreuze gestanden, große und kleine. Das auf ihrem Haus sei das kleinste gewesen. Da habe sie begriffen, dass die Menschen überall ein Kreuz zu tragen hatten, und sie selbst gar kein so großes. Beschämend sei sie zurückgegangen."

Sie schwiegen eine Weile. Was gäbe es auch dazu zu sagen? Denn es war so auf der Welt, dass man seine eigene Bürde schwerer sah, als die der anderen. Mariann's Erdenlast hatte sicher zu den großen gehört, und es gebührte ihr weiß Gott ein Platz im Paradies, fand Magdalena.

„Der Bauer war natürlich viel älter als ich", erzählte Mariann weiter. „Er starb nachdem er zwölf Kinder in die Welt gesetzt hatte, von denen ihm schon zwei Kleine vorausgegangen waren. Da stand ich nun mit dem Rest der Familie, und es kamen andere, noch größere Sorgen. Der Krieg in der ganzen Welt brachte zu unserer Armut auch Krankheit und Leid. Zwei meiner erwachsenen Söhne starben", sagte sie traurig.

„Ach, das ganze Leben war von Anfang an ein Sorgenbündel! Sobald die ältesten der Kinder erwachsen waren, liefen auch schon die ersten kleinen Enkel zwischen meinen Jüngsten umher. Die Arbeit hörte nicht auf!" Doch lächelnd meinte sie: „Auch wenn es oft schwer war: für die Kinder tat ich es gern. Über die kleinen Freuden mit ihnen war doch alles erträglich. Sie entschädigten für Vieles. Man muss dankbar sein für Kinder!" sagte Mariann. Dafür sei heute alles gut, fand sie. Dann lachte sie laut und war der Meinung, Gott habe ihr die unbekümmerte Leichtigkeit ihrer verloren gegangenen Jugend im Paradiesleben zurückgeschenkt. Damit ließ sie ihr Schicksal ruhen, mit dem sie abschließend zufrieden war.

Als sie noch weiter über die Belastungen im menschlichen Leben sprachen, gab Mariann zu bedenken, dass nach ihrer Meinung der gutmütige Mensch zu spät begreife, dass er selbst in seiner Bereitwilligkeit, anderen immer alles recht zu machen – womöglich sogar noch um der eigenen Zufriedenheit willen? – vielleicht dazu herausgefordert habe, dies auszunützen.

„Die Hand, die gibt, wird gern genommen!" sagte sie.

Damit wäre es kein Vergehen der anderen, das beklagt werden müsse, meinte sie. „Menschen nehmen immer alles, was du ihnen anbietest, und wieviel du bereit bist, zu geben. Das ist nicht verwerflich! Schließlich ist es dein Angebot! Du selbst muss Grenzen setzen!"

Damit rückte sie die Dinge der eigenen Selbsttäuschung ins rechte Licht. Die Sache von Geben und Nehmen konnte man von zwei Seiten betrachten.

Magdalena dachte an Leonard. Auch sie hatte seine Bereitwilligkeit für sie dazusein, gerne genutzt. Hatte er auch mit Umarmungen und Zärtlichkeiten oft gespart, weil die Nüchternheit und Härte des Lebens unsentimental machten; doch wie geborgen hatte sie sich gefühlt, wenn sie sich wenigstens an sein Rückgrat hatte anlehnen können, wenn ihr danach zumute gewesen war! Und wieviel Hartes war an seiner Stärke abgeprallt, wovon sie verschont geblieben war! Er hatte es geschultert, um es der Familie zu ersparen.

Auch die Kinder hatten seine Stärke und Unterstützung gerne genützt. Sie profitierten davon, solange sie am elterlichen gemeinsamen Tisch saßen, und noch darüber hinaus. Damit hatte auch Leonhard seinen Teil an Hingabe geschenkt; und über den Tod hinaus war sie ihm dankbar dafür.

Sie fand jedoch, dass sie selbst noch einiges mehr für die großen Kinder hätte tun müssen. Manches, das ihnen geschadet hatte, hatte sie ja schützend von ihnen fernhalten wollen. Aber es war ihr nicht gelungen! Unüberlegt und leichtfertig hatten sie ihre Fehler gemacht und dafür büßen müssen. Und ihre Eltern hatten mit ihnen gelitten.

Mariann ließ ihre Selbstvorwürfe nicht gelten. In diesem Punkt war sie anderer Meinung: „Eltern und Kinder machen Fehler! Du hättest nicht das Recht gehabt, sie vor allem zu beschützen!" sagte sie ernst. „Kinder, die alt genug sind, haben das Recht, ihre eigenen Fehler machen zu dürfen, um für ihr Leben daraus zu lernen!", belehrte sie Magdalena. „Schließlich ist es ihr Leben, über das sie zu gegebener Zeit sogar bestimmen müssen – und es zu verantworten haben!"

Ein kalter Wind zog über das Ödland und wehte Sand und Staub umher. Die Aussicht auf etwas Schönes lag so fern.

Sehnsucht kam auf in Magdalena.

„Ach, wäre ich doch in meinem kleinen Erdenparadies geblieben!" klagte sie leise. „Wie soll man nur an diesem Ort mit dem Inhalt eines langen Lebens fertigwerden? Wo sind meine Lieben und meine Freunde? Wo ist die erhoffte Seligkeit?"

Mariann ließ sie gewähren. „Ein neugeborenes Kind braucht seine Zeit, atmen zu lernen!" sagte sie nur.

Erst als Magdalena unruhig und dem Weinen nahe, zwischen den Steinen hin- und herging, kam sie an ihre Seite. Beruhigend legte sie ihren Arm um ihre Schultern und meinte lächelnd: „Aber du hast es schon geschafft!"

So sieh doch:

Du hast die wesentlichen Dinge erfüllt, gearbeitet, gesorgt und rechtschaffen gelebt! Du hast die kleinen Geschenke der Liebe verteilt. Sie waren alle von Wert, auch wenn sie oft unscheinbar waren. Nicht nur die großen zählen!

Du hast geliebt und gedient all denen, die dich brauchten, auch wenn dir oft nicht zum Lieben war! Du hast erduldet, was dich kränkte, deinen gedemütigten Stolz gezügelt und mit Liebe überboten. Damit hast du zusammengehalten, was sonst zerbrochen wäre, Magdalena! Bedenke, dass du das mannigfaltige Los vieler Frauen der Erde geteilt hast, im Erdulden und im Lieben, wie auch in der Sehnsucht nach mehr Verständnis und zärtlicher Liebe. Wie oft ist sie aber doch trügerisch, wenn sie nur zur Begierde gehört. Du hast sie auf andere, ehrlichere Weise erlebt!

Aber glaube mir: Beide Geschlechter aller Völker brauchen die Herzenswärme zum Leben. Und die harten Männer umso mehr. Die Sorgen, die Verantwortung und die Arbeit für die Familie haben sie zu allen Zeiten nüchtern gemacht. Und doch sorgt ein normaler Mann aus Liebe.

Nun wieder zu dir:

Du, Magdalena, hast geholfen, wenn es notwendig war. Manchmal gingst du dabei über die Grenze deiner Belastbarkeit hinaus. Nun fragst du dich immer noch, was du mehr hättest tun können? Natürlich konntest du damit nicht die Not des Elends auf der Erde verbessern. Aber in deiner kleinen Welt hast du deinen bescheidenen Beitrag dazu geleistet. Selbst mit einem guten, mitfühlenden Wort und einem Lächeln, das Einsamkeit linderte, hast du Hilfestellung und Mut gegeben.

Du hast deine Klugheit auch dazu benutzt, einfühlsam in andere, und einsichtig und bescheiden dir selbst gegenüber zu sein. Weil du wußtest, dass in jedem Menschen etwas Gutes und auch irgendein besonderes Können steckt, sahst du in dir immer die Mittelmäßigkeit.

Du hast die Schönheit aller Dinge mit offenen Augen gesehen, und sie geliebt, hast manches Schöne auch in deinem Leben geschaffen und zur Freude der anderen hinterlassen. Dazu hast du deine Ideen und Geschicklichkeit eingesetzt, anstatt diese sinnlos und ungut zu verschwenden. Du sollst wissen, dass auch unser Herrgott Gefallen an den schönen und kunstvollen Dingen hat, die die Menschen schaffen. Schließlich vergibt er ihnen die Talente dazu! So erkennt er in allen großen und kleinen Leistungen, zu denen sie in ihren Berufen oder in ihrem Hobby fähig waren, das Gute und Schöne.

Du hast auch die Besonderheiten der Natur gesehen, große und kleine, und alles bewundert. Du sahst die Schönheit und Vergänglichkeit einer Blume und wußtest, dass auch du nur ein Gast auf der Erde warst, der zu wachsen, zu blühen und zu vergehen hatte.

Du nahmst ebenso die vielen kleinen Wunder wahr, die unbeachtet im Alltag des Lebens geschahen. Für dich waren sie nichts Selbstverständliches, nicht nur allein von Menschen vollbracht! Waren sie doch oft zu ungewöhnlich! Du fühltest den stillen Beistand Gottes darin, und warst ihm dankbar, wenn er auch dir geschenkt wurde.

Das alles war genug! Der Mensch braucht keine Wunder zu vollbringen, um dem Herrgott zu gefallen. Er darf Mensch sein, aber mit einem sinnvollen und moralischen Leben, in dem er sein Bestes gibt in Eigenverantwortung und für andere."

Mariann beendete ihr Urteil über Magdalenas Leben, als sei sie dazu befugt von der höchsten Instanz:

„Du hast etwas geleistet, mit deinem Kopf, deinem Herzen und deinen Händen, was schön, gut und friedfertig war, und damit deine Pflichten erfüllt, so wie Gott es von dir erwartete.

Er ist damit zufrieden; denn er verlangt nichts Übermenschliches!

Du hast mit Vertrauen an deinen Gott gelebt; er war die Basis für deinen Glauben. Mit dem gleichen Vertrauen bist du auch hier angekommen. Und glaube mir: Er weiß es!

Nun, wo du alles Wesentliche bedacht hast, bist du hier und grübelst noch über die vielen kleinen Fehler nach, die zum Menschsein gehörten. Sei unbesorgt; sie schadeten niemand!

Darum lass gut sein, Magdalena!

Es gibt nur noch eines zu tun:

Löse die guten, schönen Fäden aus deinem Erdenkleid und webe sie in dieses Gewand ein, das ich dir mitgebracht habe. Es wird dich kennzeichnen. Damit wirst du Einlass finden in das Paradies, von dem du geträumt hast!"

Noch bevor Mond und Sterne zu leuchten begannen, war sie soweit. Mühsam war der Wirrwarr von Erdenfäden entknotet, und die guten und schönen Fäden im neuen Gewand zu einem Ornament verarbeitet, ganz nach dem Geschmack ihrer Seele.

„So bist du schön!" sagte Mariann.

In Freundschaft gingen sie beide von dannen, die einstigen Kinder der Berge, leicht und schwerelos. Den Ballast des Lebens ließen sie zurück. Er würde im Winde verwehen.

Niemand nahm ihn mit! Es gab keine zwei Leben miteinander! Man starb das eine und wurde hineingeboren in ein neues.

Dämmerung lag auf ihrem Weg, und Zufriedenheit in der Stille. Magdalena schien es so, als ob sie nach getaner Arbeit von den heimatlichen Almen nach Hause ginge.

Und genau wie dort trug der Wind aus der Ferne den melancholischen Klang eines Alphorns herüber.

Auch Mariann hatte ihn gehört. Sie sagte nichts. Doch in ihren Augen schimmerte eine Träne.

*

Das neue Kleid

Ein aufregendes Zittern befiel Magdalena, als sie die vielen Stufen zum Tempel des Forums hinaufstiegen. Er thronte auf einem Berg mit einer riesigen Kuppel aus transparentem und buntem Glas: Ein gigantisches Bauwerk, an dem wohl alle Baumeister der Welt mitgewirkt hatten – oder Gott selbst?

Mariann erklärte ihr, dass das Forum ein Kommunikations-Zentrum aller Nationen und Religionen sei, in dem diskutiert, musiziert, studiert und gewirkt werde, so wie es jedem beliebe. Man rede miteinander und teile sein Wissen. Dabei treffe man Menschen aller Länder, bekannte und unbekannte, und große Geister der Geschichte. Es sei immer interessant, was sie zu sagen hätten, fand Mariann. Im Nachhinein sei das Leben besser zu verstehen. „Die Themen gehen die Nationen aller Kontinente etwas an. Ich gehe oft dorthin", sagte sie.
„Zudem ist es im Forum sehr schön. Es ist unüberschaubar groß, hat aber auch überall kleine stille Winkel, in denen sich jeder in wunderbarer Umgebung erholen kann."

Mit ihnen waren auch viele andere unterwegs. Einzeln und in kleinen Gruppen stiegen auch sie leichtfüßig die Stufen hinauf, als koste es keine Kraft. Ihre Unterschiedlichkeit verriet die Herkunft der Menschen, und die Kontinente, auf denen sie einmal zu Hause waren. Jeder trug sein eigens erarbeitetes Gewand. Ob lang oder kurz, in dezenten oder bunten Farben: sie alle waren schön auf ihre Art und sagten das aus, worüber Mariann gesprochen hatte, weil ihre Seelen schön waren.

Man grüßte sich freundlich. Keine Distanz war zu spüren, kein Misstrauen! Ihre Gesichter zeigten Zufriedenheit, und in ihrem wohlwollenden Lächeln lag Warmherzigkeit. Ihre Gesellschaft war angenehm.

„Wieso verstehe ich ihre Sprachen"? fragte Magdalena.

„Wir sprechen hier die gleiche Sprache." sagte Mariann.

„Und werde ich auch meinen Lieben begegnen?"

„Vielleicht jetzt oder etwas später, wenn du dein neues Heim gefunden hast. Herzen treffen sich, die einmal einander geliebt haben!" sagte sie, als sei es selbstverständlich.

Im Forum öffneten sich die großen Türen, und sie wurden willkommen geheißen. Magdalenas neues Gesicht und ihr kunstvolles Gewand zogen liebevolle und anerkennende Blicke auf sich.

Sie begann zu jubeln: „Ich bin angekommen! Ich bin da und gehöre dazu!"

*

Ein paradiesischer Garten

„Komm mit!", sagte Mariann. „Ich zeige dir einen der Gärten. Er ist paradiesisch schön!" Und das war er! Und groß!

Er zog sich über mehrere Ebenen, zu denen hölzerne Stiegen hinauf- und herabführten. Kleine Brücken und Stege überquerten still dahinfließende Wasser, die von einer Kaskade zur anderen auf verschiedene Ebenen flossen und dazwischen in Seen und Teichen zur Ruhe kamen, bevor es sie weiterzog.

Menschen spazierten entlang auf den Wegen und Pfaden, oder ruhten sich auf den Bänken, um den gründelnden Schwänen und Flamingos zuzuschauen, die zwischen den blühenden Seerosen standen.

Das Licht aus der Kuppel glitzerte auf dem Wasser. Es erinnerte Magdalena an den großen See ihrer Heimat, den sie besonders geliebt hatte, wenn er, leicht gekräuselt und glänzend, in der Sonne lag. Sie blieb stehen und wäre am liebsten geblieben, aber Mariann wollte ihr noch soviel Schönes zeigen.

„Du kannst diesen Ort noch lange genießen!" meinte sie. „Er bleibt dir und deinen Lieben in Ewigkeit."

In Ewigkeit? Wie lange dauerte sie? Magdalena kam es noch so vor, als sei dieser Tag ein Ausflug in einen schönen Urlaub. Leicht verwirrt schloss sie für einen Moment nicht aus, doch nur mit den Vögeln ins Sommerland geflogen zu sein, was sie immer gern getan hätte.

„Gibt es auch Vögel hier?" wollte sie wissen.

„Ja, viele schöne", sagte Mariann. „Aber sie fliegen nicht unter dieser Kuppel, sondern draußen im weiten, freien Land. Drüben jedoch, im Landschaftsgarten, wo viele Pflanzen und Bäume und die wilden Blumen sind, gibt es nur die Schmetterlinge. Sie sind sehr schön!

Im Palmengarten mit seinen exotischen Gewächsen und schönen, großen Blüten, wohnen Paradiesvögel und bunte Papageien, weil sie nicht so hoch fliegen", erzählte sie. „Es stört sie nicht, wenn Spaziergänger hindurch gehen."

Mariann kannte sich aus. Sie gingen auf geruhsamen Wegen und lauschigen Pfaden. Hier und da führten sie in stille Winkel mit kleinen Pavillons, in denen Menschen saßen. Manche lasen ein Buch oder unterhielten sich; andere ruhten.

„Beim nächsten Mal möchte ich mit dir zur Kuppel hoch gehen! Wenn es dunkel ist, bist du dort unter den Sternen.

Sie leuchten und glitzern wie große Edelsteine!" schwärmte Mariann. Sie kannte sich auch aus mit den Gestirnen und ihren Bahnen, und erinnerte sich noch, dass auch die Seefahrer sich früher an ihnen orientiert hatten, wenn sie durch die Weltmeere fuhren.

„Apropos Edelsteine: Weißt du, dass manche alten Völker der Erde in den Edelsteinen, die sie in der wilden Natur fanden, Botschaften und Geschenke ihrer Götter sahen? Sie kamen von oben, als kleine blaue Teile des Himmels.

Die grünen Jadesteine zeugten von einem fruchtbaren, grünen Land, und die roten Zinnober-Steine von süßen, reifen Früchten im Übermaß. In den Bernsteinen, den Schwefelstücken und den Granatsteinen in leuchtendem warmem Rot, sahen sie kleine Geschenke ihrer Göttinnen, die sie ihnen aus ihren Schmuckstücken zuwarfen.

Bernstein kam in ihren Augen von der Sonne, weißer Marmor vom Mond, und die glasklaren Kolith-Kristallsteine mit ihrem faserigen, sternförmigen Gebilde, waren Grüße von den Sternen", sagte Mariann, und Magdalena hörte ihr zu.

„Die Steine waren die Schätze, die ihnen der Himmel zukommen ließ. Und damit waren sie heilig und kostbar. Zudem verstanden es die Inkas schon, aus den Fugen der Steine zu lesen. Für sie waren sie die Schriftzeichen der Götter".

Und Magdalena wußte, dass die letzten indianischen Nachkommen der Inkas heute noch durch große, klare Calcit-Kristalle hinauf zu ihren Göttern sahen. Wie zum Beispiel am Berg des Machu Picchu, der Ruinenstadt aus dem fünfzehnten Jahrhundert.

„Ich habe Vieles von Cunimba erfahren, einem alten Indianer-Häuptling. Er weiß so viel aus der alten Zeit." sagte Mariann.

„Du wirst ihn noch kennenlernen. Er ist voller Weisheit!"

Auch Magdalena liebte schöne Steine. Im Weitergehen erzählte sie, wie viele interessante Stücke sie an den Ufern der
kleinen Bergflüsse, die von den wilden Wassern aus den
Bergen herunter gespült worden waren, gesammelt habe. Auf
den holprigen Steinpfaden zum Gipfel, oder im Eis am
Gletscherrand habe sie auch manchmal ganz besondere gefunden, „Von Außen waren sie oft unscheinbar, aber im Innern
ein kleines Wunderwerk.!", schwärmte sie. Über ihr Sammeln
habe sie die stärksten Rucksäcke verschlissen, mit denen sie
unterwegs gewesen seien, lachte Magdalena.

An den kleinen Stein-Türmchen am Weg blieb sie stehen.
Wie zu Hause in den Bergen standen sie da. Dort hatten sie als
Wegweiser gedient. In manchen hatten kleine Gebetsfähnchen
gesteckt, wie in Tibet und überall im Himalaya. Als bunte,
ausgebleichte Stoff-Fetzen hatten sie im Bergwind geflattert,
und schon von weitem hatte man sie gesehen. Auch ihr kleines
grünes Halstuch mit den Edelweißblüten darauf, war unter
ihnen geblieben. Die Touren in den Bergen hatten zu ihren
schönsten Zeiten gehört. Etwas wehmütig dachte sie daran
zurück.
„ Dein Leben ist noch nicht so weit entfernt." tröstete Mariann.

Sie kamen an den Garten der Orchideen. Auch in ihm war ein
weit verzweigter Teich. Über schmale Stege ging man von
einem Ufer zum anderen. Von irgendwoher kam ein herab-
plätscherndes Wasser und spendete den vielen kleinen
Fischen darin frischen Sauerstoff.

„So ist es schön für sie!" meinte Magdalena, die ihnen fasziniert zusah.

Buntgefleckte Kärpflinge mit ihren kleinen fahnenartigen Flossen tummelten sich zwischen blaugelben Regenbogenfischen und roten und gelben Prachtbarben umher. Von irgendwoher kam ein Schwarm mexikanischer Papageien-Platys in schillerndem Gold gezogen. Arglos vergnügten sich die kleinen Guppys vor ihnen. Keiner der anderen zupfte mehr an ihren herrlichen, zitternden Flossen, die in allen Farb-Varianten schimmerten, auch nicht die schwarzmarmorierten Skalare, die zwischen roten Tigerlotus-Blättern in aller Ruhe das lebendige Treiben vor ihren Augen beobachteten. Im gedämpften Licht der einfallenden Sonnenstrahlen zog ein Schwarm ruhiger Diskusfische in türkisfarbigem Blau, durch die langen Blätter der Barclaya-Pflanzen hindurch.

Es war so schön, ihnen zuzuschauen.

In ihrem Leben war Magdalena eine begeisterte Aquarianerin gewesen. Nach getaner Arbeit hatte sie sich gern damit beschäftigt, dass es jedem ihrer kleinen Fische in gesundem Wasser, und ihren Vorlieben gemäßen Behausung, gut ging. Die Beschäftigung mit ihnen hatte ihr Ruhe und Ausgeglichenheit geschenkt, und auch den Kindern, die sich für Biologie interessierten, viel Freude gemacht. Sie erinnerte sich, wieviel aber an speziellem Wissen zu diesem Hobby gehört hatte.

Mariann zog sie weiter in eine der Ruhezonen unter der großen Kuppel und zeigte ihr die wunderschönen Orchideenblüten, die überall aus hohen Sträuchern hervor leuchteten. Bis hoch hinauf waren sie gerankt und hingen wie Ampelpflanzen herunter: zarte Schönheiten, gefüllte, gefranzte, gekrauste und bizarre! Magdalena kannte sie alle.

„Schau, die rote „Flamingo" zwischen all den weißen Schönheiten! Und da die gelbe, und die „Madeline" mit ihrem weißen Strahlengebilde! Und drüben die Tigerlilie dazwischen! Ist sie nicht wunderbar?"

Ja, das war sie! Aus ihren großen Blüten ging ein rotes Meer von Strahlen hervor. Wie auch aus der orangefarbigen „Jul", die sich öffnete und mit ihren langen Pinseln ein beeindruckendes Feuerwerk herabfallen ließ.

An anderer Stelle entdeckten sie die „Bolero" in rötlichem Lila, die „Acapulco" und „Verano" mit ihren großen, kontrastierenden Farben. Weiß wie eine riesige Schneeflocke blühte die „Schneeflocke" zwischen ihnen, mit Blüten, zart und samtig.

Unterhalb all dieser Schönheiten blühten die Rosen, Still hauchten sie ihren süßen Duft zu den Menschen hinüber, die ruhend und lesend, oder auch träumend, auf den Bänken saßen.

„Komm, du kannst nicht bleiben!", drängte Mariann. Unsere Freunde warten auf uns. Später hast du alle Zeit der Welt!" lachte sie.

Während sie aus dem paradiesischen Garten hinausgingen, fragte Magdalena wieder nach ihren Lieben: „Vielleicht sind sie ja dort?"

„Wenn du in deinem neuen Zuhause bist, werden sie kommen!" sagte Mariann. „Aber vielleicht ist ja auch heute jemand von ihnen im Forum? Dort trifft man sich gern

*

Im großen Forum

Gezielt steuerte Mariann mit ihr durch die verschiedenen Bereiche des riesigen Forums.

Menschen jeglicher Herkunft spazierten durch die Wandelhallen, kamen aus verschiedenen Richtungen die langen Gänge entlang und unterhielten sich, oder trafen sich in offenen Räumen, um im kleinen Kreis zu diskutieren. Viele andere jedoch strömten einem bestimmten Ort zu, an dem bald etwas Besonderes stattzufinden schien.

„Heute geht es um das Thema „Frieden der Welt". wußte Mariann. „Es beschäftigt auch die Geister noch in der Ewigkeit, obwohl sie nicht mehr viel bewirken können. Sie haben es nur, im Gegensatz zur Erdbevölkerung, begriffen und sehen die Dinge klarer."

Unter den Ankommenden waren auffallend viele junge Krieger. Sie hatten ein Schwertzeichen auf ihrem Gewand.

„Sieh sie dir an!", sagte Mariann: „ Sie waren noch zu jung, um das Leben einzuschätzen, und die Menschen zu begreifen, die mit ihrer Parole ihr junges Leben aufs Spiel setzten! Manche marschierten schon als halbe Kinder in einen Krieg, gehorsam, mehr oder weniger überzeugt von der Pflicht und dem Nutzen fürs Vaterland. Man wollte Helden aus ihnen machen.

Ja, das Heldentum!", seufzte Mariann. „Es hatte immer schon etwas Verlockendes an sich für einen jungen Menschen!

Diesen jungen Kriegern aber steht noch der Schrecken des Todes im Gesicht. Die wenigsten von ihnen waren sich dessen wohl nicht bewusst, dass es in einem Krieg nicht nur heimkehrende Helden gibt.

Aber Krieg ist nicht gleich Krieg!", sagte Mariann. „Und auch das Sterben in einem Krieg gleicht nicht einem anderen! In die Weltkriege zogen die Männer gezwungenermaßen, und gaben das Leben für Schutz und Ehre ihres Vaterlandes. Sie waren das Opfer einer Macht, und auch ihre Frauen und Kinder, die sie über Jahre in Armut und Not hinterließen!"

Mariann hatte ja so recht! Sie hatten es beide erlebt.

„Dass es unter ihnen auch viele gab, die sich von unseligen Mächten überzeugen ließen, zusätzlich unschuldige Menschenmassen wegen ihrer Rasse und anderem Glauben zu morden, war die unverzeihlichste Grausamkeit des letzten Krieges!

Aber wie ist es heute?" fragte sie. „Es wird immer noch gekämpft und gemordet auf der Welt. Sei es aus reiner Habgier für einen Streifen Land, oder aus reinem Machtgehabe heraus, wie für das edle Gut der Freiheit, diese zu erhalten, und sie bei fortgeschrittener Unterdrückung zurück zu gewinnen.

Sogar in einen heiligen Krieg zieht man!" empörte sie sich.

„Natürlich haben alle die Lehre im Herzen: Du sollst nicht töten! Aber in derlei Kriegen geben sie vor, der Glaube entbinde sie von der Schuld des Tötens, ob fürs Vaterland, oder aus religiösen Wahnideen. Dann morden sie ohne Schuldgefühl, weil sie morden wollen. Manche töten sich dabei selbst. Das ist ein Wahnsinn! Fast absurd, dann noch anzunehmen, Gott schenke ihnen daraufhin zur Belohnung einen Platz im Paradies, wo sie das Leben unschuldiger Menschen und auch noch das eigene, von Gott geschenkte Leben, ausgelöscht haben! Aber diesen Mord verzeiht kein Gott! Es ist nicht in seinem Sinne! Er bestimmt, wann Schluss ist.

Doch all die andern, die unfreiwillig in einen Religionskrieg hineingezwungen wurden, und in einem Glauben ohne Zweifel, ohne Spielraum, und einer Aura unverständlicher, übermenschlicher Heldenhaftigkeit starben, stehen nun hier und fragen, ob sich ihr Tod für diesen Zweck gelohnt hat.

Ach, über die Glaubensgeschichten der Menschen sollte man nicht grübeln!" beendete Mariann das Thema. „Man kann jede religiöse Haltung bestaunen, und auch oft bewundern. Nur keinen Wahn! Zudem lässt sich keine Religion hinterfragen und richtig begreifen. Entweder sie wird gelebt oder nicht!" sagte sie entschieden. „Mit dem, was zum Schluss an Gutem und Verwerflichem übrigbleibt, muss jeder am Ende seines Lebens fertig werden!"

Es war wohl so; Mariann mußte es wissen! Auch sie hatte einen großen Krieg auf Erden durchlebt, und seit sie hier war, schon viele Menschenseelen kommen sehen.

Auf ihrem Weg in den großen Saal des Forums begegnete ihnen eine geschlossene Gruppe anderer Verbündeter.

„Das sind die Campesinos!" sagte Mariann, „die ehemaligen Landarbeiter vom amerikanischen Kontinent, die in den Kämpfen für die Freiheit ums Leben kamen. Viele von ihnen starben auf ihren Feldern in Mexiko, in Kolumbien und Chile, und wer weiß wo noch?, weil sie ihr Land und ihre Familien vor den Ausbeutern verteidigten. Es waren friedliche Menschen, die bis heute ihren unschuldigen Tod nicht verstanden haben und auf eine Antwort hoffen, warum sie für die höchsten Güter des Menschen: die Freiheit, das Recht, und das Leben selbst, sterben mußten. Es ist die Frage aller Fragen!" sagte Mariann.

„Diejenigen aber, die einst in der Welt für ihren Glauben sterben mußten, wissen, warum es ihnen geschah. Auch in ihnen war das Vertrauen und die Hoffnung auf ihren Gott übermenschlich groß, und vorallem die Liebe.

Alle, die je für einen edlen Zweck starben, wo und wann auch immer, sind in der Glorie ihres Heldentums hier angekommen", wußte Mariann. „Was mit den anderen geschah, ist ungewiss.

Nun ja", sagte sie: „Kriege jeder Art wurden zu allen Zeiten geführt, seit Jahrhunderten, Generation für Generation. Doch das Traurige ist, dass die Menschheit immer noch nicht genug daraus gelernt hat. Und wenn, dass sie sie nicht verhindern kann!

Fazit ist doch: Die Profitgier ist zu groß geworden! Und die Lust auf Macht! Sie verdrängen das Schuldempfinden und die Achtung vor den anderen.

So wird auch in Zukunft aus irgendeinem Grund weiter gekämpft werden", schloss Mariann. „ Doch hoffentlich nicht nur des Mordens willen!"

*

Die Gesellschaft

Mariann führte sie durch die Menge, vorbei an all denen, die sich am heutigen Tag eingefunden hatten. Menschen aller Länder der Kontinente waren gekommen. Das Thema „Welt-Frieden" interessierte noch in der Ewigkeit. Zu viele hatten im Unfrieden ihr Leben lassen müssen und fragten sich immer noch nach dem Sinn, und ob es sich gelohnt hatte, die Welt zu verbessern.

Im kleinen Vorraum zum großen blauen Mosaik-Tempel trafen sie auf eine kleine Gesellschaft, von der sie fröhlich und herzlich begrüßt wurden, auch Magdalena. Kam sie doch mit Mariann!
Es waren da:
 Lady Mrs. Summerville, englische Lehrerin ex office in Indien,
Salvatore, ein Künstler aus Florenz,
Joe, der Farmer aus Kanada,
der alte Cunimba, einst Stammesoberhaupt der Inkas, mit
Pia, seiner jungen Tochter,
Robert, ein Wissenschaftler in den besten Jahren aus Boston,
Zarah, die sanfte Griechin von Andros,
die junge Nadja aus Jerewan, und
Francois, als Monsieur Armagnac, aus Marseille.

Monsieur war ein alter verschmitzter Charmeur, ein Franzose, immer noch lebensfroh scheinend, jedoch mit etwas lachender Tristesse. Schon mit seinem „Enchantez-Mesdames!" und seiner hundertjahralten tiefen Stimme verstand er es gleich, Sympathie zu gewinnen.

„Ca va?" – „Wie geht's?" fragte er aufmunternd, legte seinen Arm liebevoll um Magdalenas Schultern und integrierte sie in die Gruppe. Sie wurde herzlich aufgenommen.

Von Mariann erfuhr sie leise, dass M. Armagnac ein Spitzname sei, den ihm einige zugedacht hatten, weil ihn die Gelüste nach einem guten alten Armagnac noch bis in die Ewigkeit verfolgt hätten.

„Ich glaube, er vermisst ihn heute noch", foppte sie ihn. „Seine Augen haben immer einen so sehnsüchtigen Blick!"

„Ach, Mariann! Lass mir doch neben dir meine alte Liebe!" entgegnete er lächelnd, und ließ sich nicht aus der Reserve locken.

Aus einem stillen Winkel ihres Raumes klang Geigenmusik.

„Es ist Xavor aus dem Ungarland!" sagte Mr. Armagnac.

„Seit Gott ihm seine alte Geige wieder schenkte, mit der er hier ankam, sitzt er in allen Ecken mit seiner Chérie und streichelt verliebt ihre Saiten."

Er spielte so andächtig schön, doch sie mußten über seine hingebungsvolle Art lächeln.

Mrs. Summerville, die englische Lady, hatte eine freudige Nachricht für den florentinischen Künstler.

„Wie ich erfahren habe, hat man dir einen Brunnen als Denkmal gebaut, worauf du sehr stolz sein kannst, Salvatore! So bleibst du der Nachwelt erhalten!"

„Ach nein, ein Denkmal!" spottete er ironisch, „sieh an! Habe ich meiner selbst nicht genüge getan, und ein Denkmal von ihnen gebraucht? Was nützen mir die nachgeworfenen Lorbeeren? Sie rücken doch nur sich selbst damit ins rechte

Licht und finden immer einen Stummen, den sie dazu missbrauchen können!"

„Aber sei nicht undankbar!" mahnte die Lady. „Ein Denkmal bekommt nicht jeder. Wir alle sind im Lebensstrom geschwommen und am anderen Ufer gelandet, weil wir Lebenskünstler waren, Salvatore", gab sie ihm zu bedenken.

„Auch ich habe damals meine indischen Kindern nicht nur das Einmaleins gelehrt, sondern ihnen auch noch guten Herzens meine Güter hinterlassen, damit sie in ihrem armen Land ein besseres Leben haben sollten. Auch das war vorbildlich!

Aber ein Denkmal haben sie mir nicht gesetzt", sagte sie enttäuscht, und fügte etwas leiser hinzu: „obschon es mich sehr ehren würde!"

Für Salvatore aber war ihre Nachricht nichts Erfreuliches. Der Gedanke an das Denkmal dort unten auf irgendeiner Piazza, die er womöglich nicht einmal bewohnt hatte, regte ihn auf.

„Ja ja, ich sehe ihn schon vor mir, diesen Brunnen, in dem sie im Vorübergehen ihre schmutzigen Hände waschen und ihre verschwitzten Füße darin baden, während die Tauben ungeniert auf meinem Haupte sitzen, und von oben herab mit ihrem Dreck dazu beitragen, dass mit der Zeit ein Jedermann, der vorübergeht lächelnd auf mich begossenen Narren zeigt und sagt: „Ah, seht nur, der große Meister Salvatore!" spottete er mit großen Gesten.

Lachend nahmen alle an dem Dialog teil. Doch Zarah wollte beruhigen:

„Vergiss das Symbol, Salvatore! Die wahren Denkmäler hast du ihnen doch mit jeder geformten Büste hinterlassen, die man in Ehren hält, damit jeder der kommt sich daran erfreue!"

Er nickte und gab sich zufrieden.

Nur die Lady gab nicht auf:

„So ein Denkmal", beharrte sie, „ist wie ein rührender Nachruf, und ist außerdem eine dankbare Sache! In guter Bauweise übersteht es Generationen."

„Meine Werke auch, wenn man sie zu schätzen weiß!" hielt er dagegen.

„Ja, man muss immer an die Generationen denken, wenn man etwas Belehrendes übermittelt!", betonte sie mit schulisch erhobenem Zeigefinger.

„Und in deinem Fall ist es ja zudem eine Anregung für den künstlerischen Appetit, Salvatore! Da sind selbst die Denkmäler etwas Schönes!" fand die Lady abschließend.

Doch damit ging sie zu weit. Ein südländisches Temperament sollte man nicht kitzeln. Und erst recht nicht Salvatores feine Künstlerseele berühren! Er blähte sich vor ihr auf, in seinem Stolz gekränkt, eitel und aggressiv wie ein Pfau:

„Aber Senora!" empörte er sich. „Das sind ja Steinwürfe ins Glashaus meiner empfindsamen Seele! Jener Anblick, grob und seelenlos?" fragte er und sah sie blitzend an.

„Den Gesichtern, die ich einst hinterließ, habe ich meine Seele eingehaucht. Sie lebt und spricht aus ihnen. Aber davon scheinen Sie nichts zu verstehen, dear Lady!

Aber ein Denkmal ist wichtig für sie, so ein fragwürdiges Monument, ausdruckslos nichtssagend, verwittert und voller Dreck!" konterte er ironisch und schüttelte den Kopf.

„Non capisco! No!"

Sein Kopf zuckte zur Seite vor Empörung: „Wo ich doch die Ästhetik in persona bin!" Die Selbstgefälligkeit hatte ihn eingeholt. Da stand er nun, gekränkt statt geschmeichelt, mit ausgebreiteten Armen in seinem kunstvollen, himmlichen Gewand und verstand die Welt nicht mehr.

Niemand wollte seinen Stolz noch einmal verletzen, und der Sache auch nicht den Ernst nehmen, den Salvatore darin sah.

So wurde das Thema mit einem verständnisvollen Nicken beendet, wie auch mit einem allseits unterdrückten Lachen in der Kehle.

Sogar Mrs. Summerville hielt sich zurück und bedachte in aller Ruhe ihre Meinung über die Denkmäler. Nach einer angemessenen Pause meinte sie dann doch recht leise:

„Mag schon sein, dass sie sich mit den Denkmälern auch nur selbst ein Ehrenmal setzen wollen, und davon in der Gesellschaft zu profitieren gedenken", mutmaßte sie und schimpfte: „Diese Scheinwelt! Im Großen und Ganzen ist wirklich alles eine eigene Beweihräucherung und Geschäftemacherei auf Erden, egal unter welchem Namen diese Denkmäler entstehen!"

Apro pos Geschäfte:

Monsieur Armagnac erinnerte sich an die Geschichte, die man sich damals in der Bretagne erzählte, als er für einige Zeit dort war. Sie handelte von dem fragwürdigen Versprechen eines Priesters, der einer alten Madame für 6000 Francs einen Platz im Himmel verkauft hatte. Als die Frau sich später vergewissern wollte, ob es denn auch ein Sitzplatz sei, hatte er unsicher seine Schultern gezuckt und wäre der Antwort gern aus dem Weg gegangen.

„Madame aber bestand darauf", erzählte er.

Der Priester versuchte sie zu besänftigen. „Sehen Sie sich, Madame, doch den Heiligen Franziskus an! Wie glanzvoll steht er nun da mit seinem prächtigen Gewand, dank Ihrer Spende! Das ist sicherlich einen himmlichen Lohn wert!" meinte er.

Madame aber blieb skeptisch:

„Ob das so richtig war, ausgerechnet dem Heiligen Franz zu diesem Glanz zu verhelfen? Es muss seiner Bescheidenheit sehr widerstrebt haben!" Verständnislos schüttelte sie den Kopf.

Der Priester spürte ihre Bedenken, auch bezüglich ihres Geschäfts. Und dem war auch so! Madame war nicht zufrieden mit dem Handel. Es schien, als habe sie sich keine unanzweifelbare Zufriedenheit erkauft.

„Schauen Sie doch", erklärte er ihr: „ich bin ein gehorsamer Diener des Herrn und halte mich streng an die Regeln der Kirche, gespendetes Geld in ihrem Sinne zu verwenden. Und das tat ich!" versicherte er. „Das Geld ist gut angelegt! Auch die Madonna, zu der Sie beten, wurde herausgeputzt. Ihr Kleid war schon dunkel verraucht von den vielen Kerzen, die unter ihr brennen", sagte er und sah sie mitleidig an.

„Zudem brauchte ich selbst einen neuen Rock, um standesgemäß und würdig am Altar zu stehen", fügte er etwas beschämt hinzu und meinte: „Ich arbeite zwar im Dienste des Herrn, habe aber hier im Land nicht das Einkommen, das ich mir wünsche."

Madame dachte über alle nach und gab sich zufrieden!

Der Priester hatte wohl sein Bestes getan. Im Prinzip bereute sie Ihre Spende nicht; schließlich war sie ja eine Spende an den Himmel gewesen, und demnach ein Geschäft mit Gott, wenn auch kein uneigennütziges. Aber sie hatte einem Sitzplatz gegolten, und nichts anderem!

Doch am Ende ließ sie gelten, wie es gekommen war, und tröstete sich: Gott werde schon halten, was sie sich davon versprochen hatte. Die Hoffnung auf Gerechtigkeit, und den Glauben an seine Güte durfte man nicht anzweifeln! Hatte sie auch hier auf Erden keinen Vorteil davon; doch wer, wenn nicht er, würde eines Tages das belohnen, was die Menschen in ihrem Leben Gutes taten.

Die Frage des reservierten Platzes aber blieb offen. Sie stellte sich jedesmal aufs Neue, wenn bei den täglichen Kirchgängen von Madame die verarmte alte Frau neben ihr in der Bank saß, so ohne einen Franc zum Spenden. Sie hatte gewiss nicht vorsorgen können. Aber Gott war ja barmherzig und hatte wohl auch einen bescheidenen hinteren Platz für die Armen in seinem Paradies, ob im Stehen oder im Sitzen, tröstete sie sich voller Mitleid für die Frau.

Gütig blickte dann die Madonna im neuen Kleid auf beide herab, als wollte sie ihre Vermittlertätigkeit im Himmel kundtun und damit beruhigen. Und zufrieden lächelte sie der Heilige Franz an in seinem Glanz, was Madame auch das Herz etwas leichter machte. Doch auf dem Heimweg überkamen sie wieder die Ängste und die Hoffnung des Alters auf ein sicheres, bequemes Plätzchen am Ende, auf dem man sich vom Leben ausruhen könne. Weil aber das Schicksal so oft unberechenbare Wege ging, die einen an der Gerechtigkeit Gottes zweifeln ließen, seufzte sie weiterhin bei dem Gedanken, dass sie trotzdem ihrem Ende nicht gelassen entgegensehen könne: „Das könnte ich, hätte ich Anspruch auf einen, gemäß der Spende, bequemen Platz. Auf einen Sitzplatz, versteht sich!"

*

Diskussionen zum Weltgeschehen
- Frieden, Freiheit und Recht -

Gemeinsam gingen sie in den blauen Tempel hinüber zu den Rednern der „großen Seelen", wie Cunimba sie nannte.

„Es waren Friedensgeister der Erde!" sagte er. Dabei dachte er an Mahátma Gandhi, der in Gewaltlosigkeit regierte.

Das was er auch hier und heute noch zu sagen hatte, interessierte viele; denn es hatte nichts von seiner Bedeutung verloren:

„Gleich, in welcher Aera wir sie verlassen haben; es war immer zu früh!", so Gandhi.

„Doch unser geistiges Erbe und der Appell, mehr Menschlichkeit und Nächstenliebe walten zu lassen, hat Wurzeln gezogen und ist lebendig geblieben. Unsere Bemühungen für Freiheit, Gleichheit und Gerechtigkeit waren auch unvollendet nicht umsonst", sagte er tröstlich.

„Zumindest, solange es normale Regierende gibt, die mit weitsichtigem Verstand und einem, den Menschen achtenden Herzen, ihr anvertrautes Volk zum Allgemeinwohl führen, werden diese Werte erhalten bleiben."

Es klang zuversichtlich, und man schenkte ihm Beifall in der Hoffnung, dass es den Hinterbliebenen in diesem Sinne gut ergehen möge. Im Frieden! Frieden war Gandhis Motto gewesen, damals wie heute. Und „Ahimsa" – die Gewaltlosigkeit! Mit erhobenem Zeigefinger hatte er regiert: wegweisend, mahnend und warnend vor dem Unrecht, das den Kindern und Kastenlosen widerfuhr. Leider aber gab es die Kinderarbeit heute noch in Indien, wie nirgendwo sonst.

„Es sind immer die Wehrlosen, die leiden müssen!" sagte er traurig, weil er wußte, dass er ihnen nicht mehr helfen konnte. Denn seine Zeit war vorbei, wie die von allen. Nur mehr ihre Ideale waren geblieben, die sie immer noch beseelten und in unerfüllbaren Wünschen in ihnen weiterlebten.

Das Leben war weit entfernt, und doch spürbar. Es hielt das Interesse wach. Man erfreute sich an den Fortschritten und der Entwicklung zum Positiven, vernahm aber gleichzeitig auch das Leid der Erde. Aber es belastete nicht mehr in dem Maße wie damals. Schmerz und seelischer Kummer schienen beim Übergang zwischen Erde und Himmel im All verweht zu sein.

Doch irgendwann erwachte jeder starke Geist in sein neues, anderes Leben und orientierte sich an seinen Möglichkeiten. Dieses Forum war, unter einigen anderen, ein Treffpunkt für die Denkenden. Hier konnten sie ihre Gedanken austauschen.

Das Erdenleben blieb eines der größten Themen.

Mochten sie auch manchmal noch mitwirken wollen, um zu helfen, so war es nur mehr über das Vertrauen und die Bitten an ihren Gott möglich, die irdischen Schicksale zum Guten zu lenken. In ihrer neuen, paradiesischen Heimat waren sie ihm schon ein spürbares Stück näher.

Die Hilfe ihres Gottes war zu jeder Zeit von Nöten.

Auch jetzt zog wieder ein breitgestreuter Unfrieden durch die Welt. Er versuchte hier und da die Grundmauern guten und wertvollen Lebens zu erschüttern und zum Wanken zu bringen. Wie ein Ungeheuer verschlang er die bisher gültigen Werte, und Menschenleben, als habe es ein Recht auf Vernichtung. Alle Kriege hatten sich das Recht herausgenommen, zu vernichten und zu töten. Dann schienen bestehende Grenzen, wie geltende Regeln und Gesetze außer Kraft zu sein. Und auch Gottes heiliges Gebot: Du sollst nicht töten!

Gandhi war es heute, der zu ihnen sprach:

„Es gibt immer wieder Zeiten, wo die bösen Geister der Erde vernichtend am Werk sind. Oft folgen sie einem größenwahnsinnigen Despoten, der mit eigenmächtiger Gewalt nach dem, was allein er für richtig hält, regiert. Der eine will mehr Land; der andere gleich die halbe Welt. Er verhandelt nicht und bittet nicht; Länder und Menschen sollen sich ihm fügen. Oder sterben!

Die außenstehende Welt erkennt das Übel und wirkt auch dagegen. Aber bei solchen vermessenen, skrupellosen Forderungen hilft es nur, in starker Gemeinschaft dagegenzuwirken. Doch hier ist auch Gottes Hilfe gefragt. Er hat zwar oft einen langen Atem, aber er greift auf eine Weise ein, die der Mensch nicht bemerkt. So wendet sich noch Manches zum Guten", tröstete er, denn er war überzeugt, dass Gott auf der Seite der Hilfloseren stehe. Zudem: Frieden untereinander läßt sich nicht erkämpfen; er muss gelebt werden! Und das erstreckt sich manchmal über eine ganze Generation.

„Doch alles Gute, um das sich die Menschheit bemüht, wird irgendwann Erfolg haben!" glaubte er und erinnerte daran, dass es doch auch zu unserer Zeit Vieles gegeben habe, von dem wir einen Anfang, aber das gute Ende nicht mehr erlebten.

So war es wohl! Die Zuhörer schwiegen und dachten darüber nach, und dass es auch in ihrem Leben Wichtiges gegeben hatte, dessen Vollendung sie nicht mehr erlebt hatten.

Bei Robert war es das endgültige Ergebnis seiner Forschung, das ihm sehr am Herzen gelegen hatte. Es wäre der Welt von Nutzen gewesen auf ihrem Weg in den Frieden. Ihm, jung, ehrgeizig und als Mann der Technik bestrebt, perfekt zu sein, wäre die Verbesserung gelungen. Das wußte er. Und dass er sich nicht mehr fürs Gegenteil hätte missbrauchen lassen, ohne die Folgen zu bedenken, wußte er auch. Eben diese Folgen hatten damals für die Vietnamesen schreckliche Auswirkungen. Sie hatten ihn schockiert und nagten heute noch an ihm. Seitdem sah er seine Arbeit als etwas Absurdes an, die er mit Fleiß und Gewissenhaftigkeit verrichtet hatte, parallel zu seinem religiösen Leben, wo er ins Gotteshaus ging, um für den Frieden zu beten.

Auch Zarah, die junge Mutter von Rhodos, dachte über Gandhis Worte nach. Wie gerne hätte sie noch das weitere Heranwachsen ihrer Kinder erlebt, um zu sehen, ob es ihnen mit dem, was sie ihnen vermittelt hatte, gut ging.

Der alte Cunimba ersehnte immer noch die Zeit, dass sein Volk das Land zurückerhielt, das ihm einst genommen wurde.

Mrs. Summerville wäre zu gern noch einmal auf einen Besuch in Indien gewesen, um zu schauen, ob die damalige Unterstützung ihres Landes, und nicht zuletzt ihre eigene, das Land vorangebracht hatten. Sichtlich enttäuscht wandte sie sich an Magdalena und sprach von ihren Bedenken:

„Es geht mir um die Kinder, weißt du. Ich habe mich so um ihr Wohlergehen bemüht! Aber sie sind immer noch die Benachteiligten. Statt, dass man sie versorgt, läßt man sie schwer arbeiten, damit sie die Familie versorgen. Sie dürfen oft auf dem Land nicht zur Schule und würden so gerne lernen. Ich weiß es doch! Ach, diese Kinder!" seufzte sie, und Magdalena konnte sie verstehen; hatte Mrs. Summerville doch ihr Herzblut an die indischen Kinder verschenkt!

Traurig fuhr auch Gandhi fort, als habe er die Enttäuschung der Lady gespürt:
„Wir können natürlich nicht alle von uns sagen: Veni, Vidi, Vici – Ich kam, sah und siegte! Auch ich nicht, wenn ich heute noch die arbeitenden, armen Kinder und schutzlosen Mädchen in meiner indischen Heimat sehe, die sonst schon so fortschrittlich entwickelt ist. Es muss sich bald ändern!" mahnte er.
„Natürlich brauchen alle Entwicklungen Zeit! Und so laßt uns zuversichtlich sein! Die guten Samenkörner, die wir säten, werden den Menschen nächster Generationen von Nutzen sein. Selten gehen sie im Sturm der Zeit verloren!" fügte er Mut machend hinzu.

„Gandhis Leben war beeindruckend!" fand Robert, und alle, ganz besonders Mrs. Summerville, stimmten ihm zu.
„Umso verwerflicher war sein gewaltsamer Tod", sagte er.
„Ja, wie der von all denen, die für den Frieden kämpften!"
Sie dachten auch an Martin Luther King, der sich in den Staaten für ein mehr geachtetes, gleichberechtigtes Leben der schwarzen Bevölkerung eingesetzt hatte und auch eines ähnlichen Todes gestorben war.
In der Menge fiel der Ägypter Anwar El Sadat auf, der ebenfalls ermordet worden war, als er endlich mit dem Israeli Begin eine friedliche Einigung in Nahost erwirkt hatte. Doch nach seinem Tod war auch der Frieden wieder dahin; und die ganze Welt wartete heute noch darauf, dass er kommen und sich halten möge. Auch hier blickte Gott darauf herab, auf die

Städte, das Land und die Wege, auf denen er einmal ging. Was wohl hatte er dazu zu sagen?

Im Forum waren viele erschienen, die zu ihrer Zeit für Frieden, Freiheit und Recht gekämpft hatten. Sie hatten selbst persönliches Leid ertragen müssen, und sogar den frühen Tod. Umso mehr interessierten sie sich für die angesetzten Themen und hofften immer noch, die Probleme von damals nicht nur begreifen, sondern auch lösen zu können, weil es ihnen in ihrem kurzen Leben nicht möglich gewesen war. Auch die Wünsche nach Wiedergutmachung und Gottes Gericht bargen ein scheinbar unstillbares Verlangen in sich.

Magdalena fiel die große Gruppe sich ähnelnder Menschen auf, die in ihrer Nähe standen. Sie schienen aus einem gemeinsamen Land zu kommen.
„Es sind die Chilenen!" sagte Mariann. „Aber die junge Frau dort ist Dolores; sie kommt aus Mexiko. Sie alle waren zu ihrer Zeit überzeugte Freiheitskämpfer, die für ihre Ideale, den Menschen ihres Landes zu Freiheit, Frieden und mehr Gerechtigkeit zu verhelfen, sterben mußten."
Nicaraguaner mit christlichen Patres, Haitianer, weitere Mexikaner, Managuaner und Kolumbianer kamen dazu. In ihren Gesichtern zeichneten sich noch verwegene Profile ab. Sie diskutierten laut und gestenreich, und hatten ihre Guitaras und eine Trommel dabei. Man wollte gehört werden; schließlich ging es um die Grundrechte des Menschen.
„Jedem Einzelnen müssen sie in einem Staat gewährleistet sein!", verkündete Adolfo laut. Solange es nicht so ist, wird es

Campesinos geben wie wir, die darum kämpfen und dafür sterben werden!"

Leidenschaftlich stimmte auch Sandino ihm zu:

„Wir schnitten das Zuckerrohr und kauten die Koka gegen den Hunger, während die Aufpasser den Zuckerrohrschnaps tranken, unsere Frauen schändeten, und uns Männer nach dem grausamen Schauspiel zu Tode prügelten!"

rief er empört.

„Sogar die Macht der Kirche, auf die wir bauten, habe die Augen davor geschlossen, aus welchen Gründen auch immer!" sagte er anklagend. Seine lauten Worte brachten alles zum Schweigen. Niemand fand eine Antwort darauf.

Doch sie standen da, fest und stumm wie eine Klagemauer. Bei ihrem großen Gott, und nicht bei irgendeiner religiösen Institution, waren sie gelandet. Bei Gott, der das Gute wie das Böse leben ließ auf der Welt, weil er die den Menschen zugesicherte Geistesfreiheit unantastbar lassen wollte, mit der sie alles vollbrachten und es an ihrem Ende zu verantworten hatten. Bei einem Gott auch, „der in unendlicher Geduld dazu bereit war, dem fehlbaren Menschen immer wieder einen Vertrauensvorschuss zu gewähren", war die Meinung eines der Patres, der sie begleitete. Aber die Worte der Kirche beruhigten sie nicht mehr. Sie schienen gekommen, um vor Gericht zu ziehen, vor die höchste Instanz!

Zunächst standen sie in stummem Protest zusammen, bis die Trommel zu schlagen begann. Guitaras erklangen zu dem Gesang, den sie vereint anstimmten. In einem gewaltigen Chor schallte er durch die Weite des Forums und erreichte jedes Herz. Darin wandten sie sich an den Gott der Armen und Unterdrückten, den menschgewordenen einfachen Gott, der einst gelitten hatte wie sie. Er wußte von der Grausamkeit des Menschen und dem Leid, dem sie alle einmal ausgeliefert waren, hilflos wie unschuldige Kinder, die keine Ungerechtigkeit und brutale Gewalt verstanden.

Das Lied der Latein-Amerikaner war wie ein leidenschaftliches Gebet:

> „Vos sois el Dios de los pobres:
> Du bist der Gott der Armen
> El Dios humano y sencillo
> Einfacher, menschlicher Gott ...."

Ihr durchlebtes Leid klagten sie in ihren Gesängen:

> „Mit Lianen waren unsere Herzen zusammengebunden
> aber sie kamen und schnitten sie durch
> mitten durch den Knoten
> und verscharrten uns
> an einem Ort irgendwo.
> Doch unser Land war unser Grab
> und unser Staub wehte in jedes Herz
> zu neuem Leben für die Freiheit.
> Viva la libertad, Campesinos!"

Libertad, Libertad ... schallte es durch den Raum.

Die Menschen, die neben ihnen standen, fragten sich, wann die belastende Erinnerung an das Leben sie wohl loslassen werde.

„Auch sie werden verstehen lernen und Frieden finden!" sagte Cunimba, der es wissen mußte.

„Wenn sie auch immer noch das Leuchten des Revolutionärs in ihren Augen haben, wissen ihre Herzen, dass sie ihr kostbares Blut für den höchsten Wert ihres Volkes gelassen haben."

Kubaner, die mit in der Gruppe standen, dankten dem Rebellen José Marti und ihrem ehemaligen Präsidenten Fidel Castro, die je zu ihrer Zeit in einem Guerilla-Krieg das Land befreiten, das zum Tummelplatz der italienisch-kubanischen Maffia geworden war. Castro stürzte Batista und wurde zum Präsidenten. Das Land mit den Bodenschätzen und in seiner Fruchtbarkeit, das er vor Ausbeutern geschützt hatte, nutzte er zum Vorteil der Kubaner, und berücksichtigte auch die arme Bevölkerung, die es ihm nie vergaßen. Sein Führungsstil änderte sich später in eine sozialistische Diktatur. Er brachte es zum machtbewußten Alleinherrscher, der wie all jene jahrelang ohne Widerspruch regierte, weil sein Volk dankbar war, aber auch jegliches Aufmucken mit der Zeit erstickte.

„Ja, so war er, der Fidel!" erinnerte sich Joe, der Farmer.

Und Robert meinte:

„Grundsätzlich erfolgen ja die Rebellionen aus einer guten Idee. Und sie bringen auch eine Veränderung mit; man hat es immer wieder in der Welt gesehen. Sie brauchen jedoch nicht nur einen dominanten, sondern viel mehr klugen Steuermann, der ihr Schiff durch diesen Sturm lenkt und danach auf einem guten Kurs in ruhiges Fahrwasser führt. Gelingt es nicht, riskieren sie Freiheit und Leben. Es ist ein Wagnis!

Das wußten auch die anderen. Denn sie sahen, wie es denen ergangen war, die ihr Leben dabei verloren hatten. Und sie wußten um die Katastrophen, wenn ein Krieg daraus entstanden war.

An anderer Stelle wandte sich Nelson Mandela an seine Landsleute. Er, als Symbolfigur des schwarzen Widerstandes gegen die Apartheit in Süd-Afrika wußte, was seine Landsleute immer noch bewegte. Er hatte im Kampf für das Recht sein Leben dem afrikanischen Volkes geweiht.

„Auch er war ein Revolutionär aus dem Untergrund, der einen hohen Preis für die Erfüllung seines Traums bezahlte", nickte Magdalena. „Lebenslänglich!"

„Ja", sagte Robert. „doch ausnahmsweise endete es nicht in einem gewaltsamen Tod."

„Nein, das nicht! Aber sie hatten ihn mundtot gemacht."

„Sein Kampf um die Gleichstellung der Schwarzen hat sich gelohnt!" fand Mrs. Summerville. „Er war ja ein leidenschaftlicher Mann, hatte Charisma und eine bemerkenswerte Contenance! Solche Menschen können etwas bewirken. Ich hätte ihn gern gekannt!" schwärmte sie.

Und Joe meinte mit einem unverhohlenen Lächeln:

„Nun ist er hier, Mrs. Summerville! Vielleicht läßt sich Entgangenes nachholen!" neckte er sie. Doch sie war der halbernsten Meinung:

„Was vorbei ist, ist vorbei, lieber Joe! Irgendwann muss man das begreifen. Auch Sie!"

„Ja, my Lady", sagte er brav und lächelte. „Man begreift es spätestens im Paradies!"

Ihre Heiterkeit änderte sich wieder in Ernst, als sie den Revolutionären zuhörten, die sich noch nicht ganz beruhigt hatten. „Haben sie denn immer noch nicht bemerkt, dass der Herrgott sie längst rehabilitiert hat?", fragte sich Mariann. „Was wollen sie denn mehr?"

„Dass ihr Einsatz sich für die Menschen ihres Landes gelohnt hat! Dauerhaft!", antwortete ihr Robert.

„Aber es hat sich doch schon Vieles zum Guten geändert, auch wenn es noch nicht überall vom Besten ist", meinte Mariann. „Da kann man doch Hoffnung haben!"

„Ja, vielleicht! Aber Hoffnung ist immer vage und ungewiss!" sagte Mrs. Summerville. „Sie erfordert Geduld!"

„Und die haben diese zum Teil jungen Kämpfer nicht", so Robert. „Sie wollen den Erfolg sehen. Und weil sie mit Leidenschaft dabei waren, haben sie noch immer nicht losgelassen und denken und fühlen noch wie in jener Zeit. Es wird noch dauern, bis sie zur Ruhe kommen!" sagte er zu Mariann.

„Dann werden sie erst begreifen, dass alles trotzdem einen Sinn hatte."

Wie hatten sie eben auch den ehemaligen tschechischen Präsidenten Vaclav Havel sagen hören, der auch für den Frieden regiert hatte: „Hoffnung ist nicht die Überzeugung, dass etwas gut geht, sondern die Gewissheit, dass etwas Sinn hat, egal wie es ausgeht!"

Auch Mandelas Rufe nach Gerechtigkeit, nach gleichem Recht für alle, waren seinerzeit ungehört verhallt. Die Gesetze der Apartheit zugunsten der Weißen hatten sich ein halbes Jahrhundert gehalten. Das war zu lange. Tief hatte sich in der Zeit das Gefühl der Wertlosigkeit bei ihnen eingegraben, da sie in ihrer mittellosen Armut keine Chancen für sich sahen. Rebellion, Kriminalität, und auch Lethargie waren die Folge. Doch irgendwann fühlten sich die weißen Großgrundbesitzer und die, die sich weiter an den Bodenschätzen bereicherten, über die Rebellion der Aufständischen geschlagen, deren Macht aus der Saat der Ungerechtigkeit gewachsen war.

Heute noch riefen sie im Land nach ihren damaligen Hoffnungsträgern, obwohl der Traum von Gleichberechtigung der schwarzen Bevölkerung in Südafrika sich bereits in Form von schulischer Bildung, Arbeit und auch Stellung in öffentlichen Ämtern, freier Lebensart und Vielem mehr, erfüllt hatte. Fast erfüllt! Und nicht überall!

„Doch ein Blatt kann sich wenden", meinte Mrs. Summerville. „In den demokratischen Staaten geht die Liberalität auch heute sehr weit. Dann wissen manch junge Hinzugekommenen nicht damit maßzuhalten. Die Rechte, die sich der eine oder andere dann oft zugesteht, entgleisen ins Unrechte. Bequeme Trägheit, Forderungen auf Unterhalt statt Arbeitswilligkeit, unsoziales Verhalten und eine gewisse Gleichgültigkeit gegenüber ihren Nächsten und ihren Ländern, denen sie verpflichtet sind, sind die Folge", belehrte sie ihre Freunde, wie einst die Schüler, die sie vielerorts draußen in der Welt unterrichtet hatte.

Mrs. Summerville war welt- und menschenerfahren; und sie war durchaus ernst zu nehmen.

„Ach dieser ganze Kontinent!" stöhnte sie. „Seine Länder sind zum Teil heute noch nicht unter bester Führung. Ihre verschiedenen Völkerstämme bekriegen sich untereinander bis zum Tod. Und dann die vielen Kinder, die von unbeherrschten Männern in die Armut hinein gezeugt werden! In dieser Hitze, unentwegt! Und das bei dem Klima!"

Ein Außenstehender, der es hörte, mußte über sie lachen. Doch Joe nahm sie in Schutz:

„Sie meint damit auch das politische Klima."

„Ja, ja! Beides natürlich!" äußerte sie sich mit einer abwertenden Handbewegung. Aber die Lady wußte, wovon sie sprach.

Das Thema, das alle beschäftigte, schien nicht ausdiskutiert. Immer noch meldeten sich Betroffene, die durch die Unterdrückung gelitten hatten. So zeigte Sandino aus der Gruppe der Campesinos auf einen Schwarzen, der still am Rande stand.

„Seht Euch doch nur Govan an!" rief er.

„Er wurde geboren in der Transkei, in der Freiheit und dem Reichtum Südafrikas, und aufgewachsen auf fruchtbarem Boden und grünem Land. Doch leben mußte er in Armut und Unterdrückung, und starb am Ende im Elend der Slums. Und warum?" fragte er.

„Weil die weißen Herrscher das Land nahmen, das ihn ernährte, und seine Wälder rodeten, um sich über den Handel mit wertvollem Teakholz zu bereichern. Und was der Gipfel war: sie ließen ihn für sich arbeiten auf seinem ehemaligen Besitz, hart und unmenschlich für einen Hungerlohn. Welch ein Hohn! Als er aufbegehrte, schickten sie ihn ins Elend."

Govan selbst hatte dazu nichts zu sagen. Er schwieg mit hängendem Kopf.

„Ebenso erging es den Männern dort drüben aus Kenia und dem Kongo. Auch ihnen gehörte das Land mit all seinen Schätzen in und auf der Erde. Sie wurden ihnen von den Weißen genommen, die angeblich gekommen waren, ihnen zu einem besseren Leben zu verhelfen. Doch das war kein Freibrief, den Schützling zum eigenen Vorteil zu berauben!" protestierte er.

„So war es doch überall", fuhr er fort, „wie auch in Sierra Leone, wo sich die internationalen Minenbetreiber schamlos in hemmungsloser Begierlichkeit an den großen Diamant-Vorkommen bereicherten, währenddessen das Land verarmte."

Mrs. Summerville blickte nachdenklich vor sich hin. Doch dann hatte sie etwas zu sagen:

„Und damit begann die Korruption in diesen Staaten. Leider! Aber sie sollten auch das Gute bedenken, das die Kolonial-Mächte überall bewirkt haben! Es war die Grundlage für einen Neuanfang!"

Inder, die dazwischen standen, sahen erstaunt zu ihr hinüber; doch sie sagten nicht, dasss es auch der heimischen Bevölkerung manch schmerzlichen Tribut abverlangt hatte.

Das komplexe Thema hier im Forum ließ sich nur allgemein, und nicht mehr konkret beantworten. Gandhi und die anderen verstanden die Campesinos. Sie konnten ihnen Recht geben, aber die Erklärungen, die die Männer haben wollten, blieben aus. So versuchte man lediglich, die Stimmung auszugleichen und zu beruhigen. Sie wußten alle, dass dieses Unrecht, wie es Govan und allen anderen der armen Bevölkerung auf der ganzen Welt geschehen war, auch heute noch geschah; denn es hörte immer noch nicht auf, dass diese Armen hier ankamen. Und wie man sah, hatten die Betroffenen ihr Leid nicht begriffen und mit in die Ewigkeit genommen, um es Gott persönlich vorzutragen.

Angesteckt von Sandinos Leidenschaft fiel ein junger Peruaner in die Diskussion ein, weil auch ihm das Schicksal seines Volkes auf der Seele brannte. Wie den anderen war es den Indianern ergangen. Auch ihr Lebensraum war ihnen damals vom weißen Mann genommen worden: das Land und seine Bodenschätze geraubt, die alten Bäume des Regenwaldes abgeholzt und sein Grund abgebrannt worden, um Unmengen an Weideland für die übergroßen Viehherden der Eindringlinge zu gewinnen. Dafür mußten viele Wälder weichen. Camera wußte noch genau, das jedes Rind allein ca. 5-6 Hektar Weideland benötigt hatte; Grasfläche, die einmal Regenwald war!

„Unsere Büffel und wilden Pferde, die bisher frei durchs weite Land zogen, wurden vertrieben, wie wir. In unseren begrenzten Reservaten versprach man uns ein besseres Leben. Aber nein!" rief er. „Sie verbesserten damit ihr Leben, nicht das unsrige!"

„Doch unsere alte Kultur, unser Glaube wird bis in Ewigkeit bestehen bleiben! Niemand wird alles auslöschen können, weil kein anderer etwas davon versteht!" prophezeite er triumphierend, und verbeugte sich beim Weggehen vor Cunimba.

Camera hatte dem alten Häuptling aus der Seele gesprochen. Dieser nahm seine junge Tochter Pia an der Hand und verließ bewegt das Forum.

Die Großen der Geschichte hatten sich in ihrem Gespräch beraten, und zeigten zum Abschluss noch einmal Verständnis für die Schicksale der Armen, die vor ihnen standen.

„Das Leben ist nicht für jeden dasselbe!", sagte zum Beispiel Gandhi und meinte, dass es immer noch die Tragödie des Menschen sei, am falschen Ort geboren zu werden:

„An einem Ort, der nicht die Nahrung bereithält für eine gesunde geistige und körperliche Entwicklung; an einem Ort, an dem der Kreislauf von Geburt und Tod schneller abläuft als anderswo. An einem Ort, an dem die Moral leicht aus den

Fugen gerät, weil sinnvolle Arbeit, und das Pflichtbewußtsein dazu fehlen!"

Er wandte sich an den jungen Campesino und fragte: „Gibt es denn auch in einem schweren Leben an einem unguten Ort nicht irgendwann einmal einen Ausweg aus der Misere?"

„No, selten Senor! Glauben Sie das nicht"! widersprach Sandino.

„Das ist sehr schwer! Ein Leben in großer Armut ist wie ein Leben in den Slums, ein Dickicht, ein Schlamm, der darin gefangen hält. Man kann sich nicht mehr bewegen, nicht mehr klar genug denken für das normale Leben. Es verschließt auch die Augen, und das ist manchmal gnädig.

Mit trübem Sinn lassen sich keine neuen Pfründe erschließen, Senor! Die Kraft, die dafür aufgebracht werden müßte, wird in einem solchen Dasein zum reinen Überleben gebraucht.

Und dann, wissen Sie, Senor, bekommt der Mensch, der darin geboren wird, sogar noch ein Armeleutegesicht! Und damit ist er geboren, um bei allen Ausbruch-Versuchen weiter zu leiden, benachteiligt und beiseite geschoben zu werden. Selbst wenn es ihm gelingt, werden seine Augen den Ausdruck von innerer Einsamkeit nicht verlieren, wie die Augen eines Tieres, auch wenn dieses nicht weiß, dass es hinter Gittern geboren wurde." Immer noch unverstanden schüttelte er den Kopf und behauptete:

„Die Herkunft ist maßgebend fürs Leben, Senor Gandhi!

Ach nein, Senor, Sie und wir anderen hatten nicht die gleichen Chancen!" sagte Sandino.

Man schwieg. Diejenigen, die ein leichteres Leben genießen konnten, wurden sich wohl ihres Glücks bewußt und neigten leicht beschämt ihre Köpfe.

Kurz darauf kamen noch weitere Menschen hinzu. Ihre Gesichter waren neu; man hattte sie hier noch nicht gesehen. Unsicher und ängstlich waren die langen Blicke aus ihren dunklen Augen. Still standen sie da und lauschten dem, was gesagt wurde. Man wollte sich orientieren, gute vertrauensvolle Menschen finden und einen Platz, an dem man bleiben konnte. Es waren Afrikaner, aus ihren Ländern Geflüchtete vor Krieg und brutaler Gewalt. Die Flucht aber hatten sie nicht überlebt. Es ging Vielen so. Die, die der Krieg übrigließ, holte sich unterwegs das Meer. Die Schrecken und der Hunger hatten ihre hageren Gestalten und Gesichter gezeichnet. Kinder klammerten sich immer noch verängstigt an ihre Mütter, als bestünde die Gefahr, sie noch einmal zu verlieren.
Gottes Engel hatte ihre kleinen Seelen aus den Fluten gerettet und sie den Müttern zurückgebracht. Und sie hatten sie gleich ins Paradies geführt, damit sie zur Ruhe kamen.

Ach, es war nicht normal in der heutigen Zeit, was sich wieder auf der Erde, vornehmlich in Afrika und Vorder-Asien, abspielte. Die Menschen flohen vor dem brutalen Terror der neuen Mächte, die die ganze Welt beherrschen wollten. Millionenfach strömten sie den Ländern zu, die in geordnetem Wohlstand lebten.
Doch sie waren nicht alle aus dem gleichen Grund unterwegs. Während sich die einen vor einem brutalen, sicheren Tod retten wollten, flohen andere weil sie die schlechte Wirtschaftslage in ihrem Land, gepaart mit Terror, nicht mehr ertrugen. Da wo sie ankamen, wurde Barmherzigkeit erhofft oder finanzielle Hilfe erwartet, je nach Hunger und Leid, das der Einzelne erfahren hatte. Die Gast-Länder mußten unter-

scheiden lernen, wie und ob sie bedürftig waren. Unterschiedliche Beweggründe der Geflohenen kamen dabei ans Licht und waren nicht immer erfreulich.

Aber so war es doch immer: Das unlautere Böse mischte sich gern unter das Gute, um weiter bestehen zu können!

Die meisten schwiegen, wenn sie hier im Jenseits ankamen. Andere aber hatten viel zu berichten. Den Alten sei es besonders schwer gefallen, das Haus, das sie mühsam gebaut, und alles, was sie hatten, zurückzulassen, sagten sie. Und es habe wehgetan, aus der Heimat in die Fremde in eine ungewisse Zukunft zu gehen. Sie erzählten von ihrem Land, das keine Heimat mehr war, zerstört vom Krieg und unsicher bei Tag und Nacht durch die Willkür schrecklichen Terrors, der sich an Jung und Alt, an Männern, Frauen und Kindern ausließ, schändete, mordete, und sie als menschliche Schutzschilder benutzte. „Es war die Hölle!" sagten sie.

Da, wo sie nun angekommen waren, wußte auch niemand so recht, was er ihnen zu diesem wahnsinnigen Krieg antworten sollte, der nach dem Motto der Kriegstreiber sogar im Namen ihres Gottes stattfand. Sie legten sich einen Irrglauben zu und benutzten Gott als Alibi für ihre Grausamkeiten.

Es war nicht nur absurd dem wahren Glauben gegenüber, sondern frevelhaft vor einem gütigen Gott, einem Gott, der auch von den Menschen angebetet wurde, die sie ermordeten. Sogar einen himmlischen Lohn nach ihrem eigenen Tod, der um des Mordens willen an anderen in Kauf genommen wurde, setzten sie voraus! Vorwiegend aber ging es ihnen darum, die Andersgläubigen auszurotten, die bisher in friedlichen, kooperativen Gemeinschaften mit den anderen zusammen gelebt hatten.

Der neue selbsternannte skrupellose Staat ging mit einem naiven Gedanken ans Werk: alles vertreiben, ermorden und vernichten zu können, auf dass sich die Welt ihm unterordne.

Er gegen alle! Brutal trieb er von einem Ort zum anderen sein grausames Spiel und tötete aus Lust und religiösem Wahn. Jedes Mittel war ihm dabei recht, etwas auszulöschen, ob es unschuldige Männer, Frauen und Kinder waren! Auch Begegnungsorte des modernen Menschen wurden zum Ziel, wo es möglichst Viele traf. Religion, Kultur und Brauchtum der andern sollten verletzt werden, damit sich Angst und Furcht vor seiner Macht verbreite. Nichts war ihnen heilig! Sie zerstörten was andere geschaffen hatten und drangen verdeckt in deren Lebensräume vor, um gezielter zu agieren.

Nicht einmal das Alte wurde verschont, weil es dem modernen, wissenden Menschen etwas bedeutete. Namhafte Kulturstätte, die der ganzen Welt gehörten, und auch im Schweiß teils ihrer eigenen früheren Urahnen errichtet worden waren, zerbrachen über ihren Hass und Unverstand und stürzten wie Kartenhäuser in den Sand.

Dabei waren sie für die Ewigkeit erbaut!

Hier, jenseits der Welt, hatte man sich gefragt, was sie damit bezweckt hatten. Waren sie so dumm und vermessen gewesen, zu glauben, eine ganze Aera menschlicher Geschichte auslöschen zu können? Oder wollten sie lediglich Macht zeigen, und zu welch Bösem ihr neuernannter Staat fähig war? Ihre Vorgehen wurden sehr wohl von Gott selbst, dem Schöpfer und Eigner der Erde, gesehen. Er werde urteilen! Wie er auch über die Schandtaten aller Kriegstreiber der

Geschichte geurteilt hatte, die sich als Herrscher der halben Welt aufgespielt, und unendliches Leid an ganzen Völkern verübt hatten. Aber es gab immer wieder solche, die sich alles zu eigen machen wollten, früher wie heute.

Doch dieser neuernannte Staat hatte falsche Pläne: Ein Staat, der sich neu gründete, bewies sich doch zunächst darin, das er Gutes vollbrachte, um das Vertrauen der Menschen zu gewinnen. Diese aber verspielten gleich das Vertrauen.
Sie missbrauchten den Glauben an ihre Religion, aus dem sie in ihre Kriege zogen. Doch auch ihr Gott ließ sich gewiss nicht missbrauchen. Er allein werde sie eines Tages über die Richtigkeit und den Sinn seiner Gebote aufklären, die er zum Wohle all seiner Gläubigen geschaffen hatte, die ein recht- schaffenes Leben führten. Seine Gebote waren zu deren Schutz gedacht und menschenfreundlich, statt feindlich!
Die Staaten der Welt verachteten das, was sie taten. Aber ihren Taten gemäß richten, würde man sie nicht können. Das konnte nur ihr Gott!

Das Schicksal dieser geschundenen Menschen bedrückte auch Salvatores sensible Seele.
„Wenn ich noch könnte, würde ich diesen Verfolgten und Armen, die nichts als ihr nacktes Leben retten können, ein Denkmal schaffen, damit ihr Leiden nicht vergessen wird!" sagte er leise.
„Ach nein, Salvatore!" meinte Zarah: „Ich weiß nicht, ob man einen leidenden Menschen in einem Kunstwerk festhalten sollte? Verletzt es über eine Veröffentlichung nicht auch seine Scham?" fragte sie sich und gab ihm auch zu bedenken, dass es

doch eine sensible Sache sei, etwas Leidendes zu schaffen. „Kann man das überhaupt?" fragte sie ihn.

Es machte ihn nachdenklich. Nach einer Weile aber widersprach er ihr und versuchte zu erklären, dass die Arbeit an solchen Objekten auch einen Künstler besonders feinfühlend und einfühlsam in den Schmerz werden ließe.

„Er empfindet es mit, und es wird währenddessen zu seinem eigenen Leiden", sagte Salvatore. „Nur so kann es gelingen! Das ist das Herzblut, das ein wahrer Künstler in sein Werk einfließen läßt. Es zeigt sich später im gesamten Ausdruck der Figur, vorallem im Gesicht. Daraus spricht dann nicht nur das Leid des Dargestellten, sondern es fasziniert auch mit dem gewissen Hauch aus der Seele des Künstlers!"

Magdalena verstand ihn; hatte sie selbst Einiges mit ähnlichem, tiefem Empfinden geschaffen. So gaben sie ihrem Künstler in der Gruppe recht.

Doch Mrs. Summerville ging mal wieder der Sache auf den Grund:

„Ja, mit soviel Einfühlungsvermögen wird ein Denkmal sicher gut. Und wirkt echt!" überlegte sie.

„Umso ansprechender ist es dann und verkauft sich gut. Fazit: Also ist und bleibt die Kunst in den Denkmälern letztendlich eine Geschäftemacherei!"

„Das Thema hatten wir schon!", entgegnete Salvatore schneidig. „Aber wissen Sie, Lady: Dieses Thema ist viel zu sensibel für Menschen, die nichts davon verstehen!" sagte er zynisch.

Sie nahm es hin, als habe er es nicht gesagt. Ihre Sensibilität lag in anderen Dingen. Den anderen blieb wieder nur ein verstecktes Lächeln. Dann war Ruhe!

Im Forum aber wurde weiter diskutiert und erklärt. Schon allein die Ankunft der Afrikaner deckte die neuen großen Probleme auf, mit denen die Menschheit nicht fertig wurde.

Es beschäftigte auch alle wachen Geister der einst Regierenden. Doch ihre Befugnisse, und einmal weit verzweigten Verbindungen für etwaige Lösungsmöglichkeiten wenn es um weltumfassende politische Gefahren ging, gab es nicht mehr. Man fragte sich dennoch, wie man den Menschen helfen könne, wenn man nicht mehr aktiv war in der Welt? Hier in ihrem neuen Leben waren sie keine mehr von ihnen.

Einige zweifelten daran, das es noch einen Sinn ergebe, die irdischen Probleme weiterhin lösen zu wollen. Das, was ihnen doch an möglicher Hilfestellung geblieben war, war lediglich, Gott um seine Unterstützung für ihre Vorschläge zu bitten. Und das taten sie! Gewiss: sie waren ihm hier sehr nah und spürten seine Anwesenheit. Er hatte sie in sein Paradies vorgelassen und ihnen die Last und Verantwortung ihres Lebens abgenommen. Doch nun sollten sie ihm weiter Klagen und Bitten vorbringen, wo doch von der Erde genug davon zum Himmel stiegen?

Andernteils: Waren sie nicht einmal die Hoffnungsträger ihres Volkes gewesen? Die Verpflichtung daraus war zwar vergangen; doch geblieben war der wache Geist, der versuchte zu verstehen und Probleme zu lösen, und als Partnerin an seiner Seite die warmherzige, hilfsbereite Seele.

So sprachen sie weiter über das, was sie allein nicht ändern konnten, und war es manchmal nur für sie selbst, weil es schwer fiel, loszulassen.

Der menschliche Umgang mit der Natur war ein ebenso gewichtiges Thema; denn es griff in die Probleme von Hunger und Not der heutigen Zeit.

Die Erde sei ein wunderbarer Planet! Darin war man sich einig. Sie sei einmalig im All und es wert, erhalten zu bleiben! „Es ist ein Frevel, eine Versündigung an ihr und ihrem Schöpfer als ihr Besitzer, der sie den Menschen zum Bewohnen und Verwalten überlassen hatte, wenn ihr Klima, ihre Natur, ihr Reichtum und ihre Schönheit von menschlicher Profitgier zerstört werden!" prangerten sie an.

„Sie rächt sich dafür, das ist gewiss! Sie ist stärker als der Mensch und hat gewaltige Möglichkeiten!" sagte ein Klimaforscher unter ihnen und fragte sich:

„Warum begreifen die Menschen es nicht überall auf der Welt, dass sie gegen die Macht eines Planeten nicht ankommen? Warum schießen sie sich ein Eigentor, das sie ins Abseits bringen wird?"

„Es ist ihre Maßlosigkeit!" rief jemand dazwischen.

„Ja, das ist es!" gab man ihm recht.

„Trägt die Überbevölkerung mancher Kontinente Schuld daran?" wollte ein anderer wissen.

„Nein; so kann man es nicht sehen!" kam die Antwort.

„Die Erde ist trotzallem imstande, ihre Kinder noch weiter zu ernähren, vorausgesetzt sie wird mehr geachtet und nicht ausgebeutet über alle Maßen! Sie verzeiht menschliches Versehen, aber keine Todsünden, die wohlwissend an ihrer Bereitwilligkeit geschehen. Und das noch immer und überall, und auf manche Art auch in den fortschrittlichen Ländern.

Es muß ein Umdenken erfolgen! Nicht morgen erst, sondern heute!" riefen sie energisch.

Die Mahnung war laut wie ein Aufruf, und für die Verant-wortlichen der Erde bestimmt. So laut, als durchdränge sie die Kuppel des Forums und erschalle im Weltall als Gottes Wort.

Auch der Kreis der ehemals politisch Großen war im Laufe der Gespräche weiter angewachsen. Wie die Zuhörer unterei-nander diskutierten sie zu verschiedenen Themen. Jeder brachte seine Meinung ein und äußerte sie leidenschaftlich. Mandela lagen besonders die Geschehnisse seines Kontinents auf dem Herzen. Es mußte sich etwas Grundlegendes ändern. Wie die anderen, und wie die Menschen auf der Erde selbst, suchte er nach Möglichkeiten, die von Nutzen sein könnten:
Er beklagte nicht nur die karge Erde Afrikas und die hungernden Kinder, sondern auch das Leid, das sich die Bewohner untereinander zusätzlich antaten:
„Es ist ins Unermessliche geraten, ins Unerträgliche für alle, was dort vor sich geht! Als hätten sie nicht genug mit den Widrigkeiten ihrer Natur zu tun, bekämpfen sie sich noch gegenseitig in diesen elenden Kriegen!" rief er aufgebracht, weil es ihm so nahe ging.
„Nicht nur Hunger und Durst, und auch nicht die Auflehnung der unterdrückten armen Bevölkerung tragen die Schuld, sondern die bösen Dinge in den Köpfen gewisser Menschen und ihrem politischen, ethischen und religiösem Macht-Gebahren und seiner Vermessenheit
Und nicht genug, dass Hunger und Krankheiten sie in den heißen Zonen auszehren; bereichern sich noch einige Regie-rende bis zum Geht-nicht-mehr an den bereitgestellten Gel-dern und korruptem Drogen- und Diamantenhandel, anstatt

ihr Volk zu ernähren und für bessere Lebensumstände zu sorgen!" wetterte Mandela.

„Über diese schmutzigen Geschäfte wurden überall die Reichen noch reicher, und die Armen ärmer. Aber dies ist kein regionales Problem, sondern ein weltweites. Ihm zugrunde liegt wieder einmal das Übel des Materialismus, der, wenn er einmal begonnen hat, nicht mehr zu sättigen ist! Er profitiert überall da, wo das einfache Volk brav und fleißig, und duldsam ist. Er ernährt sich aus ihrem Schweiß, und wie oft mit dem vergossenen Blut; und das ist die Schande!"

Unverständlich schüttelte er den Kopf und meinte:

„Er ist schlimmer als ein hungriges Raubtier in der Steppe! Das jagt nur um seinen Hunger zu stillen, und danach gibt es Ruhe.

Aber die Jagd des Materialismus nach immer mehr nimmt kein Ende und gibt keinen Frieden! Frieden? Im Gegenteil: Er trägt die Schuld an manchen Kriegen; weil er – im Gegensatz zum Tier - nicht aufgibt was er will, auch wenn er genug hat!"

Einige erfahrene Weltkorrespondenten, die sich im Leben bemüht hatten, die verdeckten, unguten, und oft schmutzigen Geschäfte in der Welt zu beleuchten, bestätigten Mandelas Meinung. Mutig, wie sie waren, hatten sie sich darüber manchen Gefahren ausgesetzt. Sie waren es auch, die die verworrenen Hintergründe politischen Handelns hinterfragt hatten, um sie der Außenwelt möglichst objektiv verständlich zu machen.

„Klar, dass auch ihnen heute noch nichts gleichgültig ist, was in der Welt aus dem Ruder läuft!" So sah es auch Robert, der Wissenschaftler aus Boston.

Auch Peter Scholl-Latour war unter den Korrespondenten: der weise alte Mann, der den undurchsichtigen, weltpolitischen Akteuren hinter die Stirn geblickt hatte. Zäh und nachhaltig, unbestechlich und kritisch war er den unkontrollierbaren geheimdienstlichen, politischen Spuren nachgegangen, die sich leicht und lange verwischen ließen. Meist hatten sie zum richtigen Ort der Ursache hingeführt, oft noch vor Beginn einer brodelnden Revolution, wo man das Grundübel und die Sorge um das wahrscheinliche Ausmaß nicht bereden wollte. Doch spätestens dann, wenn die Steine flogen und die Wasserwerfer auffuhren und das Volk auseinanderjagten, wenn revolutionäre und zugleich militärische Aufrufe über die Plätze schallten, ließ sich der neue Krieg nicht mehr vertuschen. Dann war es wieder mal soweit!

Als „Fluch der bösen Tat" hatte Scholl-Latour die Interventionen der westlichen Welt in das Zusammenleben der orientalischen Vielvölkerstaaten in seinem Buch genannt.
Und die kriegstreiberischen und auslösenden politischen unguten Geschehnisse auf dem Balkan, in Nahost, im Orient und im Norden Afrikas veranlassten ihn dazu, sie als „Fluch des Jahrtausends" zu bezeichnen.
Nicht nur in den endlosen Soldaten-Friedhöfen aus den großen Kriegen der Welt, auch in den Massengräbern über die grausame Judenvernichtung, oder auch in den Gräbern des Balkan und anderswo, lagen die Leichen derer, die Opfer wurden von Krieg, von Irrsinn und Gewalt.
Sie schwiegen. Aber die Erde über ihnen atmete anklagend!
Und nie würde sie damit aufhören!

Zwischen den Militärs und den Revolutionären hatte Scholl-Latour das „Pulverfass Algerien" erlebt, und im endlosen Indochina-Krieg den „Tod im Reisfeld". Unbeirrt beschrieb er einst die „Lügen im Heiligen Land" und sprach bereits zu Beginn der afrikanischen mörderischen Kriege von einer „Afrikanischen Totenklage", die sich bewahrheitete.

Die Kriege hatten nicht aufgehört in der Welt. Niemand hatte sie verhindert. Wie manch Andere war auch Scholl-Latour von einem Krisenherd zum anderen gegangen, hatte gesagt was er aus journalistischer Leidenschaft sagen wollte, um zu informieren, wie es bei den Menschen hinter den Kulissen aussah: anders oft, als die Politiker es kundtaten.

Sein couragiertes Leben war zu Ende gegangen, aber nicht die Kriege mancherorts. Ohne einen Hoffnungsschimmer von Frieden in der Welt hatte er sich auf den Weg in ein friedlicheres Leben begeben müssen. Und wie die anderen hatte auch er sein Wissen, zu was die Menschen fähig waren, mit in die Ewigkeit genommen.

Bei den Mexikanern stand Oriana Fallaci, die mutige italienische Berichterstatterin, die sich so jung in den abscheulichen Vietnamkrieg hineingewagt hatte, und danach mitten ins mexikanische Massaker von Mexiko-City.

Ihre Augen hatten Schreckliches gesehen, und ihre Ohren Ebensolches gehört, dass sie später zu dem Schluss kam, das Leben sei eine Verurteilung zum Tod. Und doch fand sie es wunderbar, „für eine Zeit auf dieser Erde zu sein, auf dieser grün-weiß-blauen vergifteten Kugel, wo das Böse neben dem Guten wohnt!" Man müsse nur aufpassen, wie man sich auf dem Weg von der Geburt bis zum Tod dazwischen bewege, hatte sie gemeint.

72

Und als sie einmal gefragt wurde, was „Leben" sei, antwortete sie:" „Leben ist etwas, das man gut ausfüllen muss, ohne Zeit zu verlieren. Auch auf die Gefahr hin, dass es darüber zerbricht!"

„Und wenn es zerbrochen ist?"

„Dann ist es nichts mehr wert für die Welt, und endet im Nichts und Amen! *(Titel ihres gleichnamigen Buches)* Damals kannte sie den ewigen Frieden noch nicht.

Doch ein Anderer mochte ihn geahnt haben:

Jener amerikanische General – hart und kalt wie Stahl, der Schrecken von Saigon - den sie im Vietnamkrieg interviewte. Die Worte aus seinem anderen Naturell, das er nicht zeigen konnte, hatte sie in ihrem Innern mitgenommen:

„Denke an ihn, der dich beschützt und dich liebt und sich zu dir herabneigt, um deinen Qualen einen Sinn zu geben!"

„Um einen solchen Krieg durchzustehen, muss man mutig sein", hatte sie einmal gesagt. „Aber man soll sich nicht als Held vorkommen, wenn man heil daraus zurückkehrt. Es ist nicht das eigene Verdienst. Das Sterben ist allgegenwärtig in jedem Krieg. Mit welchem Privileg sollte man davonkommen?"

Es mochte sich schon Mancher gefragt haben!

Und ein anderes Mal fand sie, dass die Außenstehenden nicht auf einen Krieg spucken sollten, weil ihn ihm auch so viel Heldentum verborgen läge, das nie ans Licht der Öffentlichkeit käme, schutzlos und wertlos mit dem Bösen zusammen in den Topf des Krieges geworfen.

„Es war das von denen, die in ihrer Art versucht hatten, den im Kriegstreiben gehetzten und verwundeten Menschen Schutz und Zuwendung zu geben, und sie so zu behandeln, wie es die Würde eines Menschen verlangte. Sie blieben human, auch wenn ihr eigenes Leben dabei in Gefahr geriet."

Wie hatte ihr General Loan gesagt: „Wer Mensch ist, muss Mensch bleiben, und auch manchmal darüber sterben!"

Nun; gestorben war er nicht, hatte sie sich gesagt. Aber war er ein Mensch geblieben in diesem schmutzigen Krieg? Vielleicht ja! Heute sagte sie in Erinnerung an diese Zeit:

„Vietnam ist ein Schauplatz auf der Erde für das größte Heldentum aller Zeiten! Dieses kleine Volk, das über Jahre mit Tausendkilobomben und Napalm überschüttet wurde, schlug sich gegen die mächtigsten Heere der Welt, ging barfuß auf die Panzer zu, und schlief nachts nicht, um noch einmal mit bloßen Händen anzugreifen und unspektakulär im Morgengrauen zu sterben."

„Lass mich weinen, Oriana!", hatte der General gesagt. „Sonst kann ich nicht mehr an die Rosen in meinem Garten zu Hause denken, und an meine Musik, der ich noch lauschen will, weil... ja, weil ich sonst das Gefühl für das Schöne verliere!"

Robert, der im Allgemeinen die Dinge recht nüchtern sah, wandte sich zur Seite. Doch Magdalena hatte ihm in die Augen gesehen. Sie standen voll Tränen.

Ja, das Seelenleben machte sensibel.

Sie wußte noch nicht, dass es die atomare Rüstung war in diesem Krieg, an der er technisch-wissenschaftlich mitgewirkt hatte. Und dass er danach seine Liebe verloren hatte über den Tod eines Napalm-verbrannten vietnamesischen Mädchens. Seitdem fühlte er sich schuldig.

Alles, wirklich alles hatte er danach getan, um dieser unheilbringenden Entwicklung gegenzuwirken. Das, was passiert war, ließ sich nicht mehr ungeschehen machen. Die Welt bedauerte es; aber die Arbeit auf dem Gebiet ging trotzdem weiter voran. Verzweifelt wegen des eigenen Verschuldens und der fortlaufenden weltweiten Uneinsichtigkeit, die ihm kaltblütig und brutal jeglichen Lebewesen gegenüber schien und ihm die Freude am Leben trübte, nahm ihn die Flutwelle eines Taifuns mit ins Meer, als er ein sorglos badendes Kind retten wollte.

„Manchmal sieht man ihn mit der kleinen Asiatin an der Hand im Paradiesgarten durch das Schmetterlingshaus gehen", sagte Mariann. „Aber er spricht nie darüber."

Der blaue Mosaik-Tempel hatte sich längst gefüllt.

Die Menschen aus der entfernten Welt interessierten sich immer noch für das Leben auf der Erde:

Wie mochte es gehen? Was geschah im Besonderen, und was gab es Neues? Und wie ging es weiter? Jeder, der sich einmal um ein besseres Leben bemüht hatte, wollte es wissen.

Tolstois „Krieg und Frieden" - Thema war alt, und immer wieder neu. Es zog sich von Revolution zu Revolution bis hinein in die Kriege der Neuzeit. Stets war es die politische Macht, die unterdrückte und das Aufbegehren auslöste, überall auf der Welt.

Andrej Sacharow war gekommen! Im Vorbeigehen begrüßte er Robert. Die beiden ehemaligen Atomphysiker schienen sich schon oft getroffen, und über ihre Arbeit gesprochen zu haben.

Er wußte wohl, wie jener abschreckende Krieg mit seinen Folgen immer noch an dem jungen Wissenschaftler nagte.

Einmal habe er ihn mit den Worten getröstet: „Mit der Zeit wird es dich nicht mehr belasten!", so Robert.

Aber gab es sie noch: die Zeit? Wie lange dauerte sie? Ein Tag, ein Jahr? Sie war nicht mehr messbar in Kalendern und Uhren, es störte sie nicht! Sie wußten einfach, wie der Ablauf zu funktionieren hatte. Seltsam war es! Und still!

Heute ging es um die Menschenrechte und die Grundfreiheit, für die Sacharow viele Jahre seines Lebens gekämpft hatte.

Wie Robert verurteilte auch er das zunehmende nukleare Wettrüsten der weltlichen Supermächte, das ins Uferlose ging. Es war ein ernstes Machtspiel geworden. Durch den, der sich einmal anmaßen würde, Herr der Welt zu sein, käme die Katastrophe über die gesamte Menschheit. Doch was das Bedrohliche daran war: dieser saß in seiner Verrücktheit auf einem Feuerstuhl und wußte es!

Gott gebe, dass es sich verhindern ließ!

Sacharows späteres Bemühen um die Rechte des Menschen in seinem großen Land, ließen ihn zu einem führenden Kritiker des russischen Politsystems werden. Und damit erging es ihm wie manch anderem unbequemen Denker: Er wurde zum Staatsfeind erklärt und verschwand im weit entfernten Sibirien, bis ... ja bis ihm eines Tages aus friedlicherer Gesinnung Gnade gewährt wurde.

Doch da war er alt, und Vieles mehr ließ sich nicht mehr bewirken. So verließ auch er in der Hoffnung die Welt, dass

die Saat, die er für Recht und Freiheit in seinem Land ausge-
sät hatte, zu gegebener Zeit Früchte bringen werde.
Wie hatte Mahatma Gandhi gesagt?
Alles Gute, um das sich bemüht wurde, werde einmal Erfolg
haben, auch wenn man es nicht mehr erlebte.
Auch der Tscheche Vaclav Havel war der Meinung gewesen.
Ohne Gewissheit zu haben, hatte er die Hoffnung wenigstens
in diesem Sinn seiner Arbeit gesehen.
Im Kreis der Schriftsteller, die sich ebenfalls mit dem Thema
Gleichheit und Frieden in ihren Arbeiten beschäftigt hatten,
befand sich auch die Süd-Afrikanerin Nadine Gordimer.
Wie Mandela hatte sie die Zeit der Apartheit erlebt, als all die,
die farbiger waren als die Weißen, ob schwarz, gemischt oder
asiatisch, gesetzlich diskriminiert waren. In ihren neu errich-
teten, entfernt gelegenen sogenannten „Homelands" hatten sie
isoliert leben müssen, oder versteckt zwischen den Weißen.
Auf keiner öffentlichen Parkbank in Johannesburg hatte man
noch einen von ihnen sitzen sehen.
Schon 1960 *(in ihrem Buch: „Anlaß zu lieben")* hatte sie zum
Besinnen aufgefordert und an die Menschlichkeit appelliert.
Genau wie für den großen Kämpfer Mandela war für sie die
Apartheid der Inbegriff des Rassismus, der Unterdrückung
und der Unmenschlichkeit. So war sie hergekommen, weil er
hier war, den sie damals bewundert hatte.

Auch Mandelas Revolutionsgeist hatte sich noch nicht beruhigt. Es machte ihn zornig und traurig zugleich, dass überall in
der Welt die Armen wie eh und je die Leidtragenden waren.
„Es ist immer leicht, den armen hilflosen Mann auszunutzen!"
sagte er.

„Und es fällt leicht, ihn leiden zu sehen, wenn es einem selbst gut geht! Ja, die Egozentrik des Menschen macht ihn stark und widerstandsfähig", sagte er mit bissiger Ironie.

Den Süd- und Mittelamerikanischen Landarbeitern, und den Mexikanern, sprach er aus der Seele. Und so begannen ihre Diskussionen untereinander aufs Neue.

Adolfo, der sie vertrat, stimmte ihm verbittert zu:

„Ja, das ist wahr, Senor! Wenn wir bis zum Ende unserer Kräfte auf den heißen Feldern das Zuckerrohr schnitten, tranken unsere Aufseher sich einen Rausch an und stellten unseren Frauen nach!"

Auch Sandino wurde laut:

„So ist es in der Welt: Während auf einem Erdteil unzählige Arme hungern und leiden, vor Bomben und Mördern flüchten, oder umgebracht werden, schwelgen unzählige Reiche in Überfluss und Vergnügen, und liegen teilnahmslos, fast gewissenlos gegen alles, was außerhalb an Leid geschieht, an der Copacabana in der Sonne. Und oben vom Corcovado herab segnet sie ein Riesenchristus."

„Ein Christus, der aus Frust zu Stein geworden ist!" warf Dolores ein.

Man schwieg betreten.

Mandela aber war in Sorgen um sein Land. Die Mißstände auf seinem Kontinent beunruhigten ihn. Zugleich wollte er Hoffnung machen:

„Nun: Der Krieg wird vorübergehen; es gibt immer eine Lösung, wenn alles aus dem Ruder gelaufen zu sein scheint!" meinte er beruhigend.

„Auch wenn alles in Schutt und Asche liegt, wird Afrika nicht untergehen! Aber danach müssen die Menschen etwas tun, um das Leben dort wieder in Gang zu bringen, und um es zu verbessern und zu erhalten!" mahnte er.

„Dabei sind auch andere Länder angesprochen. Und besonders das eigene afrikanische Volk!" sagte Mandela.

„Die Zeiten haben sich für diesen Kontinent geändert!" rief er.
„So kann es dort nicht weitergehen! Mein Land braucht Hilfe!
Jeder wohlhabende Staat, und überhaupt jeder einzelne, dem es gut geht, ist gebeten, zu helfen so gut es geht. Regierungen gutgehender Länder können dies beim Aufbau der Wirtschaft tun, indem sie mit ihrem Wissen und geldlichen Mitteln dort wieder eine vernünftige Bildungs- und Wirtschaftsgrundlage schaffen, die als Basis für die Heranwachsenden dient. Schulische und berufsbildende Einrichtungen sind notwendig, um generell ein persönliches Wissen zu erlangen, im Leben einstehen zu können, für sich und sein Land. Die Versorgung von Alten und Kranken muss in einem System geregelt werden, das auch die Minderbemittelten nicht im Stich läßt.

Mit Hilfe von erfahrenen Helfern läßt sich auch das öde, trostlose Land vielleicht bebauen. Die Menschen dort wollen es lernen. Helft ihnen dabei! Es gibt Möglichkeiten, den Wüstensand aufzuhalten, wie man auch anderswo das Wasser in Speichern aufhält, denke ich mir. Endlos lange unter- oder oberirdische Rohrleitungen werden in der Welt für Elektrizität, für Öl und Gaszufuhren gebaut, damit sie Jeden erreichen. Warum nicht auch für Wasser in ein dürres Land?
Und für alles!
Die Welt war von Fortschritt geprägt. Warum nicht auch dort?

Mandela war überzeugt, dass die Ingenieure der Welt schon diesbezüglich ihre Pläne machten. Im Allgemeinen – so dachte er -, war man zum Helfen bereit, mal mehr oder auch weniger eigennützig.

Der Staatsmann, der sich immer noch um sein Land bemühte, machte auch darauf aufmerksam, dass bei allen Ideen und Versuchen, einem verarmten Kontinent wie Afrika zu helfen, dazugehöre, ja vielmehr Voraussetzung dafür sei, dass die eigene Bevölkerung dabei mitwirke.
„Sie wollen es ja im Grunde genommen auch und wissen nicht, wie sie es tun sollen. Sie werden es auch eines Tages schaffen, wenn man ihnen unter die Arme greift und weiß, wie man mit dem Problem umgeht. Und mit ihnen!", betonte er.
„Doch noch einmal gesagt:
Nur mit ihrem eigenen Arbeitswillen und ihrem Einsatz entsteht die anhaltende Verbesserung des allgemeinen und persönlichen Lebens!" sagte Mandela.
Doch er hatte noch etwas zu sagen:
„Auch mir ist es nicht verborgen geblieben, dass auch viele junge arbeitsfähige Männer ihre Heimatländer verlassen, um der Hilfe und dem Geld anderer entgegenzugehen. Statt zu bitten, fordern sie Geld und Unterstützung ein. Das geht so nicht! Schon allein die Demutslage, in der sie nun mal sind, gebietet es, um Hilfe zu bitten. Sie geschieht freiwillig und kann nicht selbstverständlich erwartet werden. Nun, die Maßgebenden jener Geberländer müssen wissen, wie sie damit umgehen. Wie auch mit den Entgleisungen mancher, die die geltenden Gesetze missachten.

Bedenken und achten sollten die Ankommenden auch, dass die Menschen in den wohlhabenden Staaten schon sehr viel für sie aufbringen. Auch sie haben sich einmal ihren normalen Lebensstandard mit viel Arbeit und Mühe geschaffen. Viele von den Ländern, die heute gutsituiert dastehen, lagen nach dem Weltkrieg in Schutt und Asche, und ihre verarmten Menschen mußten ebenso von vorne beginnen! Man sollte sie als Beispiel betrachten und von ihnen lernen wollen!"

Mandela sprach auch von denen, die aus ihrer Heimat und von ihren Lieben fortgingen, ohne sich noch einmal umzusehen. Das bessere Leben wartete!

Kümmerte sie nicht das langsame Siechtum all ihrer Kinder, die sie disziplinlos, egoistisch und bedenkenlos in die Welt gesetzt hatten? Und auch nicht die leidende Frau, die in vieler Augen ein Objekt war, dessen man sich bedienen konnte, als vielmehr ein wunderbares und achtenswertes menschliches Wesen, dessen Persönlichkeitsrechte es zu wahren galt?

Und er hoffte auch, dass sie – als Männer aller Konfessionen – in den Ländern, die ihnen vorbildlich scheinen, in ihrem männlichen Stolz begreifen lernen, wie eine Frau geachtet und behandelt werden will, und muss!

„Mit Versprechungen gehen sie weg, weil sie anstelle des Verstands den Kopf voller Illusionen haben!" rief er aufgebracht. „Die Hoffnung in allen Ehren! Aber man kann sich nicht nur darauf stützen, der Sehnsucht folgen, alle Schutzbefohlenen zurücklassen und einfach in die große Freiheit ziehen! Ihre überladenen Schlauchboote sind keine Vergnügungskähne, die im Abendrot auf den Wellen schaukeln! Das wissen sie! Es ist eine verantwortungslose Reise!" schimpfte Mandela.

81

Abschließend fasste er seine Worte zusammen, als müssten die hiesigen Menschen sie begreifen und beachten.

Vielleicht würde Gott ja seine Botschaften auch auf der Erde ankommen lassen? Wer wußte es schon? Seine Wege waren sonderbar. Er ließ die namhaften Denker der Welt weiter nach Lösungen suchen, weil sie es so wollten. Und die, wie jeden anderen, der seinerzeit ein Vorbild für die Menschheit war, ehrte er und lauschte seinen Worten.

So mahnte der Afrikaner noch einmal eindringlich, und wies darauf hin, dass sein Kontinent, jedes verarmte Land, Menschen aus eigenem Schoß, mit eigener Kultur und dort gelebter Religion und Tradition, Menschen jung und alt, die untereinander verstehen, zum Bestehen braucht.

„Es braucht Kinder, die nicht nur unkontrolliert auf ihre Lebenschancen hin, dort geboren werden, sondern Kinder die nicht hungern müssen, die kindgerecht geborgen in ihrem Land in eine Zukunft aufwachsen können. Und wenn sie jugendlich sind, brauchen sie Chancen auf Ausbildung und Arbeit, um dazubleiben!

Damit, und nur so hat ein Land Zukunft!

Es braucht arbeitende, vorausdenkende Menschen, die nicht darauf warten, oder gar verlangen, dass für sie gesorgt wird. Natürlich sehnt sich ein armer Mensch nach mehr Wohlstand. Doch leider ist auch auf meinem Kontinent die Sehnsucht nach dem Geld zu einer ansteckenden Krankheit geworden, die nicht abschreckt, sondern anzieht wie süßer Honigwein. Das Geld der reichen Golfstaaten glänzt seit langem herüber; aber es war die Eurofliege, die sie geimpft und millionenfach infiziert hat", sagte er.

Und er war der Meinung, dass es schwer sein werde, viele der jungen Menschen zu überzeugen, dass man einem besseren Leben nicht nur zuströmen kann, sondern es sich erarbeiten muss.

„Doch ich denke, dass sie im Umgang mit der anderen Welt das Nötigste begreifen lernen müssen, um zwischen ihnen – und was doch ein Ziel ist später im eigenen Land – bestehen zu können. Die europäischen Länder helfen ihnen dabei."

Dabei hatte er die Hoffnung, dass es ansonsten gewissen jungen Männern wohl gegen die Ehre gehen werde, einmal auf dem gleichen Bildungsstand, den sie hatten, wieder in die Heimat zurückgehen zu müssen.

„Wir wollen glauben, dass sie die angebotenen Chancen für eine Verbesserung ihres jungen Lebens nutzen werden, und sich bemühen!

Und wir wollen annehmen, dass die Menschen im afrikanischen Raum, gleich welcher Länder, Religionen und Völkerstämme, aus der Not ihrer Kriege lernen, und wieder zu einem friedlichen Miteinander finden!

Zugleich hoffen wir, dass der Widerhall jeglicher weltfremder, lebensverachtender Kriegs-Parolen in der Welt kein Gehör mehr findet!"

Er hoffte es für alle!

Und für seinen weinenden Kontinent!

*

(Eigene Überlegungen zu Nelson Mandelas „Ausgewählte Texte" aus 1965 – 1986)

Resümee beim russischen Schach

Beim Verlassen des blauen Tempels trafen sie wieder auf Monsieur Armagnac, der in einem stilleren Winkel am Rande dem Schachspiel zweier russischer Patriarchen folgte.
Sie waren so vertieft in ihr Spiel, dass sie nichts anderes wahrzunehmen schienen.
Doch das täuschte! Obwohl sie einen Ring der Ruhe um sich gezogen hatten, der sie von allen isolierte, hatten sie jedes laute Wort aus dem Nachbarraum verstanden. Für sie war es zwar das übliche Gerede, eigentlich nicht mehr der Rede wert; aber von einem Nikolaj Nikolajewitsch und einem Victor Petrowitsch konnte nicht erwartet werden, dass sie dazu schwiegen.
Sie waren alt und weise geworden unter den Menschen; ihre langen Bärte wucherten grauweiß über dem Schachbrett. Aber die Ohren hörten noch, und sie sahen nicht nur jeden Zug, sondern ahnten ihn schon, weil sie einander kannten. Und eben daher war Einfühlungsvermögen von einem zum anderen gefragt. Nur die List des Einzelnen konnte übertrumpfen. Schadenfreude war ihrer Meinung nach im Himmel erlaubt.

Das Erdenleben hingegen, mit all seinen Problemen, war für sie nur mehr eine Phrase, eine ausgelebte und im Predigerstuhl ausdiskutierte, die man hier und heute nur mehr mit einer Handbewegung vom Tisch wischen mochte.
Was schon sollte man da noch an kräftezehrenden Überlegungen in die Diskussionen einbringen!?

Den Menschen war ohnehin nicht zu helfen. Sie wollten die Botschaften der Sonnenstrahlen nicht vernehmen, ebenso wenig, wie sie seinerzeit auf ihre Ermahnungen gehört hatten. Dabei hatte man sie geliebt, und sich um sie gesorgt wie ein Hirte um seine Schafe. Genau wie die Herde waren auch sie von gierigen Wölfen umgeben gewesen: den Teufeln, die auf jedes Menschenleben aus waren. Mit Weitsicht hatten sie sie vor dem Bösen gewarnt, damit ihnen unangenehme Schäden erspart blieben. Leider weitgehend umsonst!

„Wenn ein Ochs nicht trinken will, kannst du ihn nicht niederbeugen!" brummelte Victor Petrowitsch in seinen Bart.

Langsam und bedächtig machten sie in ihrer abgeschirmten Ecke ihre Züge. Was kümmerte sie noch das Weltgeschehen. Man war ihm weit entrückt, am liebsten ganz.

„Dass man sich überhaupt noch damit auseinandersetzt, ist eine illusorische Verschwendung!" fand auch Nikolaj Nikolaje-witsch. „Oder würdest du noch einmal damit beginnen wollen, die Menschen zu belehren, wo sie doch seit Kain und Abel streiten?" fragte er.

„Du warst nicht Gott, Nikolaj Nikolajewitsch! Sie fürchteten dich zu wenig! Er sollte einmal kräftig dazwischenschlagen!", war Victor Petrowitschs Meinung.

„Nein, mein Freund: Wären wir noch einmal im Auftrag Gottes für sie tätig; wo wäre unsere Bürgschaft ihm gegenüber? Sie wissen doch, dass sie nichts halten, was sie versprechen!"

„Ja, es ist schon wahr!" sinierte Nikolaj Nikolajewitsch während eines Zuges.

„Sie wollen nicht belehrt werden, und umherirren wie Schafe ohne einen Hirten, auch wenn sie dabei vom Wolf gefressen werden. Es ist ihnen nicht zu helfen!"

Und nach dem nächsten Zug:

„Auch Ameisen irren zumal. Aber dann wird das ganze Volk klug über den Schaden einer einzelnen."

„Wohl, wohl!" stimmte ihm sein Partner zu und meinte:

„Hätten sie wenigstens den guten Instinkt der Ameisen, ..."

„Und viele von ihnen noch das Sozialempfinden und den beharrlichen Fleiß dieses Arbeitsstaates ..." warf Nikolaj Nikolajewitsch ein, und Victor Petrowitsch nickte und sagte das, was er sagen wollte:

„...dann könnten sie in einer Weltordnung bestehen: abgegrenzte Haufenmit je einem Volk."

Sie blieben bei den Ameisen. Diese kleinen Tiere imponierten ihnen.

„Im Vergleich zu manchen Ländern haben sie ein geordnetes Gefüge, in dem der Ablauf geregelt abläuft. Jede fügt sich in ihre Rolle. Tut sie es nicht, verliert sie nicht nur ihre Stellung, sondern riskiert auch Kopf und Kragen. Da wird nicht lange gefackelt!" sagte Victor Petrowitsch.

„So ist es!" antwortete Nikolaj Nikolajewitsch und erinnerte seinen Freund:

„Ja, denken Sie an meine Worte, Victor: „Disziplin ist das halbe Leben!"

Sie amüsierten sich unter sich, und waren der gleichen Meinung, dass die Ameisen den Menschen etwas voraus hatten.

„Sie sind nicht agressiv!" sagte Victor Petrowitsch. „Zumindest nicht so lange, bis sie angegriffen werden und ihr Staat in Gefahr ist. Dann wehren sie sich – das ist natürlich – und setzen ihre Soldaten ein. Sie haben eine ganze Kompanie in einem

einzigen Haufen!" wußte er. „Dabei wird gemordet, was das Zeug hält. Und besonders brutal werden sie, wenn ihre Königin in Gefahr gerät. Ich möchte nicht dazwischen geraten!"
Beim Vergleich mit den Ameisen überraschte Nikolaj Nikolajewitsch mit einem geschickten Zug, der zu mehr Aufmerksamkeit mahnte. Man besann sich auf das Spiel.

Was war denn auch noch zu den Menschen zu sagen, als dass sie zusammen ein Gauklervolk auf dem Jahrmarkt der Erde waren, die zum Teil ohne Königin von Haufen zu Haufen liefen, auf der Suche nach einem immer noch besseren Ort. Kein Wunder, dass es Tote und Verletzte dabei gab!
Gern hätten sie einen Schluss-Strich unter das Kapitel Mensch und Erde gezogen.
„Ach, was vorbei ist, ist vorbei!" sagte Nikolaj Nikolajewitsch. In Ruhe wollte er jetzt leben. Für ihn galt die Nach-uns-die-Sintflut-Devise.
„Wir Friedensapostel haben sie oft genug belehrt!" fand er. „Bis ins hohe Alter predigten wir die Gebote der Kirche; aber unsere Worte schienen nur geglaubt und gefürchtet worden zu sein, solange sie in der Kathedrale waren. Draußen vor der Tür verflogen sie im Wind der Gleichgültigkeit.
Schon bei den ersten begierlichen Blicken zum Weib des anderen, beim Genuss der Kirschen aus Nachbars Garten, beim Geschwätz über diese und jene, wie nach dem ersten Wodka und all derer, die folgten, überschritten sie die Schwelle zur Gottesfürchtigkeit!"
„Ja, und beim nächsten Mal kamen sie wieder, reuig und bittend um Verzeihung, damit sie weiter sündigen konnten",

lachte Victor Petrowitsch.

„So waren sie! Aber in all ihren Notlagen schickten sie ihre Stoßgebete zum Himmel zu einem Gott, der alles verzieh."

„Das nahmen sie an!" sagte Nikolaj Nikolajewitsch und glaubte selbst, daß Gottes Güte zu großzügig floss, in dieses Fass ohne Boden.

Victor Petrowitsch erinnerte sich noch an manchen Sünder.

„Manche machten mir richtig Spass", sagte er, „wie der alte Igor, einer der sechs Brüder auf dem Landsitz bei Briansk. Er ließ keinen Feiertag vergehen, ohne vorher – mit einem Strohhut tief im Gesicht und einer Wodkafahne – zur Beichte zu kommen. Obwohl er sich Mut antrinken musste, hatte er dennoch zu wenig Respekt vor mir. Und vorm Herrgott sowieso! Denn er war ein notorischer Sünder, der bis zu seiner letzten Stunde die Finger nicht von den Weibern lassen konnte, ob sie verheiratetet waren oder nicht. Oft geriet er in Schwierigkeiten mit deren Männern. Dann beklagte er sich auch noch, der Unhold!" empörte sich der Patriarch.

Nikolaj Nikolajewitsch lachte und nickte. Wahrscheinlich hatte auch er Ähnliches erlebt. Der Wodka hatte bei den Menschen viel auf dem Gewissen!

„Du Dummkopf mußt doch wissen, dass du, je mehr du die Frau deines raubeinigen Nachbarn liebst, ihm umso weniger gefällst. Sei froh, dass er dich noch nicht im Rausch erschlagen hat!

Ich mahnte ihn immer wieder, vernünftig zu sein, auch bezüglich seiner Gesundheit.

Warum mußt du dir denn noch diesen Stress antun? Du bleibst noch dabei auf der Strecke!"

„Ja, Euer Ehren, Hochwürden: Das können Sie nicht begreifen. Sie sind für das Beten zuständig und ich für die Liebe", meinte der Schuft. „Besonders diese Eine ist es mir wert, dass ich mein Leben riskiere. Sie liebt mich!" bildete sich der Alte ein.

„Und Liebe braucht Nahrung; sonst stirbt sie!"

„Aber es ist langsam zuviel, Igor!" habe ich ihm gesagt.

„Die Buße, die ich dir bisher auferlegte, war wohl immer zu gering. Du brauchst langsam eine härtere Strafe, um zu Verstand zu kommen!

Beim nächsten Mal brachte er mir einen Hahn mit." lachte Victor Petrowitsch.

„Einen Hahn, einen lebenden Hahn"?

„Ja, einen lebendigen großen Hahn! Was soll ich damit?" habe ich ihn gefragt.

„Dieser Hahn sei sein ganzer Stolz, erklärte er mir. Er habe alle Wettkämpfe gewonnen.

„Und warum bringst du ihn her? Wiegt deine Sündenlast so schwer, dass du dieses große Opfer bringen willst?

Der Hahn sah mich mit funkelnden Augen an, wogegen der Alte mich mit flehendem Blick anschaute, als sei er das Opferlamm.

Ich sagte ihm, dass im Himmel keine Hahnenkämpfe stattfänden.

Und wenn du alter Sünder glaubst, dass, wenn er gewinnt, dir all deine Sünden vergeben sind, täuschst du dich, Brüderchen! Dafür müßtest du schon deine ganzen Hennen mitbringen!" sagte ich scherzhaft.

„Welche Hennen meinen Sie, Hochwürden?" fragte er. „Ich habe keine von denen, die Sie meinen. Nur die anderen!"

„Ja ja, nur die anderen. Das ist dein Problem! Ach, der glucksende Hühnerstall, in dem du deinen Gott und deine Moral vergisst, wäre am besten ausgeräuchert", sagte ich ihm und ließ ihn ohne Buße gehen. Mit seinem Hahn. An ihm war jede Art von Reue und Absolution umsonst."

Die umstehenden Zuschauer amüsierten sich köstlich; auch die beiden Alten.
„Ja, das liebe Leben!" entfuhr es seufzend Monsieur Armagnac, als trauere er ihm nach.
Aber die gestrenge Lady mahnte:
„Passen Sie auf, Monsieur, dass Sie nicht noch in der Ewigkeit auf eine jener Damen hereinfallen!"
„Haben Sie denn eine von ihnen hier gesehen? Und wo?" wollte er wissen.

Die beiden Alten konzentrierten sich auf ihr Spiel. Und trotzdem ließen die Gedanken über das Leben nicht von ihnen ab.
„So ist es auch mit dem Stress auf der Welt", meinte Nikolaj Nikolajewitsch. „Er müßte auch in dem Maße nicht sein!" fand er.
„Nun ja, sie leben in einer schnell vergehenden Zeit. Da wollen sie Schritt halten mit all dem Neuen, das sich jeden Tag auftut. Gewiss hat sich manche Arbeitsweise danach vereinfacht."
„Oder auch nicht!" warf Victor Petrowitsch ein.
„Ja, die geistigen Anforderungen sind dadurch gestiegen. Und damit der Ehrgeiz! Am Ende ist es aber denn immer so, dass über alles Bessere, Einfachere und Schönere, das über die Perfektion der Dinge entstanden ist, auch die Wünsche der Menschen gestiegen sind, manchmal bis zur Vermessenheit.

Die Sucht nach dem Aktuellen erfasst dann auch den kleinen Mann am Ende der Welt. Jeder will daran teilhaben, selbst der Ärmste, dessen Kinder nicht satt werden; wie der einsame Wolf im verlassensten Winkel der Taiga, dem das stille bescheidene Leben bisher genügte."

„Recht haben Sie, Nikolaj!" entgegnete Victor Petrowitsch.

„Der reichhaltige Konsum verdirbt sie. Er kostet sie Geld und Nerven, und macht sie krank, von der Erschaffung bis zum Erwerb und Verzehr; denn sie haben das Maß für das, was ihnen bekommt, verloren. Sie haben Heißhunger und Kolik zugleich.

Und denken Sie nicht auch, verehrter Freund, dass ihr Talent, mit der Vielfalt an Neuem in dieser entwickelten Zeit umzugehen, geringer ist, als uns manchmal schien?

Haben wir nicht zuweilen Komplexe in der Ewigkeit gehabt, wenn wir die Leistungen im heutigen Stress mit den unsrigen verglichen; wenn wir hörten, wie sie von Termin zu Termin hetzten, zu Lande und in der Luft? Wie lahme Ärsche sind wir uns doch vorgekommen."

„Aber nicht doch, Victor! Auch wir haben die Welt mitverantwortlich gestaltet. Das genügt!

Und wenn ich es mir doch recht überlege, waren wir es und unsere Generation, die die Jungen mit Milch und Wein und Wissen gefüttert haben, damit sie sich entwickeln konnten und zu Höherem fähig wurden", gab er zu bedenken.

„Ja, wahrlich!", stimmte ihm Victor Petrowitsch zu. „Und nun sollen sie zeigen, was sie können. Aber ich sage ihnen: die Bittgebete, die sie immer noch an uns Ehrwürdige schicken, sollten wir uns auch nicht übermäßig zu Herzen nehmen, und noch in der Ewigkeit auf diese Komödianten hereinfallen!"

„Und auch nicht auf ihre guten Vorsätze und leeren Versprechungen! Es ist ihnen ja nicht zu glauben."

„So ist es!", empfand auch Nikolaj Nikolajewitsch und meinte: „Fehler, die aus irgendeiner Entwicklung heraus entstanden, hat es immer gegeben, wenn der Mensch die Folgen und Ausmaße unterschätzt hat. Doch wenn er nicht daraus lernen will und sich selbst bescheißt, ist ihm nicht zu helfen. Dann muß er sich den Dreck selbst aus der Hose waschen, den er hineingemacht hat", sagte er entschieden.

Allgemeines Gelächter ertönte; und auch die beiden Alten strichen grinsend durch ihre Bärte.

„Ich bewundere viele Menschen dieser Zeit", gestand der Patriarch. „Aber manche taugen zu nichts Gescheitem. Sie sind, glaube ich, ein Verhängnis im Schlafrock!"

Das laute Lachen um sie herum schien sie einen Moment aus der Ruhe zu bringen. Doch der Stand der Figuren auf ihrem Brett verlangte höchste Aufmerksamkeit.

„Wir sollten das Schiff unserer Gedanken nicht zu sehr ins Abseits fahren lassen", warnte Nikolaj Nikolajewitsch mit einem Blick auf das Feld, „sonst könnten auch wir noch in Schwierigkeiten geraten!"

Aber was sollte sie auch sonst noch kümmern, nicht hier und nicht dort! Schließlich waren doch sie diejenigen, die den Job ihres Lebens gut gemacht, und sich ihre Stammplätze in der Ewigkeit erworben hatten. Heute ging es nur mehr darum, die Figuren nach persönlicher Strategie auf dem Schachbrett so zu rücken, dass sie Überlegenheit demonstrierten, weil es andernorts nichts mehr zu beweisen gab.

Das Spiel des Lebens – wenn sie es denn so nennen konnten – war ausgespielt. Aber dieses brauchten sie. Und auch ihre Dialoge, in denen man – wie bei den Schachzügen – nicht zimperlich sein mußte.

Nachdem man eben noch das Unschuldsgebaren des Erden-Menschen verurteilt hatte, rückte nun ein ehrwürdiger Victor Petrowitsch seine Dame mit einem unverkennbar triumphierenden Siegeslächeln im Gesicht vor zum Schachmatt.

Und sein Kontrahent nickte geschlagen.

„Ja, so ist es, mein Freund", meinte er leicht resigniert:

„wir verurteilen die Unberechenbarkeit des Menschen, und machen selbst Zug um Zug, bedächtig und vorsätzlich, um Sieger zu werden im kleinen Krieg des Schachs auf himmlichem Boden.

Da werden doch noch im Paradies die Guten wie die Fliegen, und stechen in aller Unschuld!"

Sie lachten beide; denn sie waren an ihre Spitzen gewöhnt.

Souverän ergeben legte Nikolaj Nikolajewitsch seinen König aufs Feld.

*

Sehnsucht im Abendrot

Ein eindrucksvoller Tag ging zu Ende. Oder waren es zwei? Die Tage, und wohl auch das Jahr, wurden nicht mehr gezählt und nach dem Kalender bemessen, sondern orientierten sich auf andere Art, wie nach einem bedeutenden oder schönen Inhalt.

Gemeinsam verließen die Freunde die großen Hallen des Forums. Ein Stück des Wegs gingen sie noch zusammen. Bevor sie sich trennten und jeder in seine Richtung ging, wollten sie sich noch auf einem Hügel niederlassen, der vor ihnen in der warmen Abendsonne lag, um die vielen gewichtigen Worte, die sie heute gehört hatten, ausklingen zu lassen.
Wild bewachsen war er mit niedrigen zartrosa Blumenkissen, zusammen mit kleinen weißen in zählblühenden Rabatten, in denen winzige, perlmuttschimmernde Käfer wohnten. Unter Wacholdersträuchern und blühendem Heidekraut hatten sie ihre eigene Welt. Eine verspätete Lilie am Rande verströmte im Abendwind ihren letzten süßen Duft. Im Schein der Abendsonne leuchtete ihre weiße Blüte in purpurnem Rot.

In diesem noch sommerwarmen Teppich ließen sie sich auf eine Weile nieder. Die Flora des Hügels schien von Gottes unsichtbaren Gärtnern nach Zweckmäßigkeit geschaffen zu sein. Und doch war sie von einer bezaubernden, unterwürfigen Wildheit.
Still lauschten sie dem leisen Gesang des Abendwindes in den Gräsern, die dazwischen standen. Er strich in sanften Wellen

durch ihre hohen Halme, als liebkose er sie. Sie verbeugten sich vor ihm, als habe sie der Hauch Gottes gestreift.

„Merveilleux!" – Wunderbar! – sagte Monsieur Armagnac in die Stille. Und auch Salvatore, dessen Augen immer das Schöne sahen, begeisterte sich:

„Que bella, mon Dieu! Bellissimo!" – Wie schön, mein Gott! Wunderschön!

„Ja, es ist schön hier!" schwärmte ebenso die junge Nadja aus Jerewan. „Es erinnert mich an die Berghänge, auf denen mein Vater und ich die letzte Rast im Gras machten, wenn wir von einem kaukasischen Gipfel kamen: die Blumenkissen, das raue Gras und der Abendwind!"

Heimweh überkam sie. Sie legte sich in die Blumen und weinte. Jeder verstand sie; denn sie fühlten sie auch: die Sehnsucht nach dem Leben, das einmal schön war!

Auch Magdalena nahm plötzlich den Geruch der Natur wie den ihres Gartens wahr. Statt der Lilie vor ihr sah sie die weißen Margeriten, die vor ihrem Küchenfenster blühten. Die kleinen burgunderroten Glöckchen der großen knorrigen Fuchsie baumelten im Wind. Sie sah sich die Blumen gießen und hörte wie sie tranken. Und auf den schaukelnden Ästen der Birke sang die Amsel ihr Abendlied. Auf der Bank an ihrem Schindelhaus saß Leonard bei einem Glas roten Vernatsch und schaute ihr zu. Als sie ihm zuwinkte, winkte er nicht zurück, als sähe er sie nicht. Seltsam, dachte sie! Er war alt und einsam geworden. Sie fühlte, dass er litt. Es machte sie traurig.

Nicht Leonard, sondern Mariann war es, die ihre Hand in die ihre nahm und hielt. Sie war es auch, die um die Tränen der Sehnsucht wußte, die Magdalena bis an den Rand ihrer Stimme stiegen und ungeweint blieben.

Zarah, die Griechin, die hinter ihnen saß, begann mit sanften Handbewegungen Magdalenas langes Haar zu flechten. Pia, die noch kindliche Indio-Tochter, brachte Blumen herbei, die sie zusammen in den Zopf einbanden. Mithilfe der langen Stiele banden sie ihn als Blumenkranz um Magdalenas Kopf.

„Du siehst schön aus damit!" rief Pia.

„Es würde auch dir stehen!" meinte Zarah. „Aber dein schwarzer Zopf ist schon fast zu lang dafür."

„Ja," bedauerte Pia, „ich muss ihn schon am Rücken mit dem Gürtel meines Gewandes festhalten."

Sie lachten, und die Schwermut verflog.

Nur nicht die von Salvatore.

Ernst und verträumt lag er mit geschlossenen Augen auf dem Rücken im Gras. Sie kannten seine Sensibilität und wußten, dass ihn immer noch die Sehnsucht nach seinem Land gefangen hielt. Sie wollten ihn aufmuntern.

„Komm, Salvatore, sing uns nochmal ein Lied!" bat Mrs. Summerville. „Die Lieder über deine Heimat sind so schön!"

Er nickte. Und dann sang er

das Lied der Sommerliebe:

„Quando la canzone d'amore
d'ucello estivo
sonave dal pini;

quando il vento mito
salivo sul mare, e suo canto
era si soave negli cipressi;

quando maturava la pèsca
rossa-gialla e succosa-dolce
e pasanta era l'uvanera;

quando il sole serale
tramontava in colli azzuri
e il pastore andave alla casa:

quando erano dolce l'odori di rose
e in bicchiere era rosso il pastoso
in giardino l'amore
faceva una passegiata.

Ingeborg Christ

-

*Als das Liebeslied vom Sommervogel
aus den Pinien klang;
als der laue Wind vom Meer herauf
in den Zypressen sang;
als der Pfirsich reifte, rot-gelb und saftig-süss
und schwer die Traube hing;
als die Abendsonne in die blauen Hügel sank
und der Hirte heimwärts ging;
als süß waren der Rosen Düfte
und rot im Glas der erdige Wein
ging die Liebe spazieren im Hain.*

Ingeborg Christ

-

*Aus Que bella – que jolli, einer Sommergeschichte.
Buch: „Die kleinen Träume vom Glück" / Ingeborg Christ / 2010*

Beim Verlassen des Hügels sprach Magdalena mit Cunimba, der schon eine Ewigkeit lang hier war:

„Kann es sein, dass es mehrere Himmel gibt? Ich bin meinen Lieben noch nicht begegnet."

Er lächelte weise und meinte:

„Es könnte schon sein unter dieser gewaltigen Höhe. Niemand weiß es! Kein Erdenmensch kann die Größe des allmächtigen Gottesreiches ermessen, Magdalena.

Aber wir müssen alle zufrieden sein, und dankbar für den Platz, den wir bekommen haben. Gott hat uns auf einer paradiesisch schönen Erde leben lassen, und uns in seinen wunderbaren Garten Eden geholt, damit es uns in seiner Nähe gut geht. Was wollen wir mehr?"

Er hatte ja recht.

Bevor er sich verabschiedete, wollte er sie trösten:

„Hab etwas Geduld, Magdalena! Das, was wirklich zusammen gehört, und besonders im Herzen, findet sich! Die Liebe hat einen hohen Stellenwert bei unserem Gott", wußte Cunimba.

Während Cunimba mit seiner jungen Tochter Pia zum „Land der Schwarzen Büffel" abbogen, blieben die anderen noch zusammen. Arm in Arm gingen sie scherzend der Wegkreuzung „Orion" entgegen, von wo aus sich ihre Wege in verschiedenen Richtungen verzweigten

Langsam ging die Sonne unter. Ihr warmroter Ball war umrundet von einem feurigen Kreis, der sie abschirmte. Von ihm aus gingen die Strahlen aus, die alles Erreichbare in seinen roten Schein legten: hier ein Baum und eine Blume, dort die Hügel, das Tal und auch das plätschernde Wasser an ihrem Weg. Er bedeckte die blanken Flanken der Berge, als habe man sie mit einer cadmiumroten Tunke übergossen. Er färbte den Himmel über den Gipfeln rot, und auch die weißen Häuser in der Ferne.

Die Wege dorthin schienen lang und weit; doch sie liefen sich schnell und mühelos leicht, denn die Wanderer ermüdeten nicht mehr so wie im Leben. Jeder hatte seinen persönlichen Platz für die Ewigkeit gefunden, der ihm zugedacht war: bescheiden, aber gemütlich und schön, so wie der jeweilige Geist und die Seele es für sich brauchten, um glücklich und zufrieden zu sein. Alles war gut!

Magdalena hatte mit Mariann noch bis zur nächsten Abbiegung den gleichen Weg, dann trennten auch sie sich, und sie ging nach Hause. Nach Hause: In ein kleines weißes Haus drüben am „Platz des Großen Bären".

Unterwegs mußte sie noch einmal an Leonard denken.

Wie mochte es ihm gehen? Einsam und alt hatte sie ihn auf der Bank am Haus sitzen sehen, ihrer gemeinsamen Bank, von der sie den besten Blick auf die Berge hatten.

„Ach, Leonard! Schau hinauf zum Felsendom des Latemar, in die wilde Welt des Rosengartens, die sich auch im Abendrot färbt! Ich weiß, Du wirst nicht mehr hinaufkommen am Tag, nur noch in der Nacht in deinen Träumen.

Aber die Blumen im Garten blühen noch, so wie früher. Sie haben mich nicht vermisst. Doch nun sind es deine Blumen. Vielleicht alles, für das du noch zu sorgen hast.

Bis auch das eines Tages aufhört, und du dich auf die große Reise machen wirst, hinauf zum Garten Eden!

Leonard, guter alter Leonard! Pfiat di derweil!"

Bevor sie sich später schlafen legte, schrieb sie ihm ein Gedicht. Eine Liebeserklärung aus der Ferne, die er vielleicht im Traum erhielt:

Ich möchte für dich sein

im Wind, der dir ein Lied singt bei Nacht,
in der Sonne, die dich weckt in der Früh,
im Duft der Blumen, die in deinem Garten blühn
und im Traum, in dem du Ruhe findest!

In jenen Tagen, als ich nicht immer sang,
dich nicht genug wärmte,
war ich halt nur ein Mensch,
für den das Leben gerade nicht schön war,
und auch ich nicht schön genug,
um dir jetzt im Traum zu begegnen.

Das Leben macht es, sagt man
wenn es auf und ab geht, irgendwie!
So waren jene Tage wohl die
an denen ich dann dich
und deine Wärme brauchte.

Ingeborg Christ

*

Ein Kranz aus Lotusblüten

Am nächsten Morgen bemerkte Magdalena, dass sie eine neue Nachbarin hatte. „Eliza" stand an ihrer Tür.
Jeder durfte seinem kleinen Haus einen Namen geben. Man schrieb ihn draußen an die Tür. Magdalena hatte das ihrige „Paradiesli" genannt. So konnten sie sich finden.

Wie bei jedem dauerte es auch bei Eliza eine Weile, bis sie soweit war. Es war ein schöner heller Tag, an dem ein Kranz aus Lotusblüten an ihrer Türe hing: Elizas Symbole für Frieden und Freiheit! Sie kam zu Magdalena hinaus und blinzelte in die Sonne. Ein sanftes Lächeln lag auf ihrem Gesicht, als sie sich schweigend neben sie auf die Bank setzte, als würden sie zusammengehören. Sie konnte in der Kürze noch nicht begriffen haben, dass es für die Ewigkeit sein werde. Aber hier und heute war alles gut.
Nicht nur Elizas Lächeln war sanft; auch ihre Seele war es!
Sie war noch so jung, kein Kind mehr wie Julia, die auch am Platz des Großen Bären wohnte; denn sie hatte schon die wahren Gesichter der Menschen gesehen, die unmenschlich waren. Ihre Seele aber schien davon unbeschadet geblieben zu sein, als habe sie sie an versteckter Stelle aufbewahrt.

Magdalena liebte Eliza. Ihre sanfte Art, ihre von Tag zu Tag wachsende Fröhlichkeit, der Gesang ihrer schönen Stimme aus dem kleinen Haus nebenan, die malaiischen Lieder, die durch die Zweige des Mangobaumes herüberklangen, und der warmherzige Schein in ihren dunklen Augen, machten auch Magdalenas Tage noch glücklicher. Mehr und mehr spürte sie, dass die junge Frau die Schrecken des Todes überwunden hatte und sich dem neugeschenkten Leben öffnete.

Früh am Morgen stand sie mit hocherhobenen offenen Händen draußen in ihrem kleinen Garten und sah zum Himmel. Sie hieß den Tag willkommen. Dann verbeugte sie sich mit betenden Händen. Es schien so zart, so hingebungsvoll!

Eliza bewegte sich draußen leise und grazil, und immer noch ein wenig scheu. Wie eine junge Gazelle in himmlichem Reservat! Und so schön!

Sie schmückte sich mit Blüten und steckte sie auch Magdalena ins Haar, wenn sie traurig war und an Leonard dachte. Dann waren es die roten Wildblumen unten vom See, von denen sie sagte: „Sie trinken die Tränen der Nacht!"

Manchmal auch, wenn sie vor Magdalenas „Paradiesli" saßen, begann sie zu tanzen.

„Im Tanz leben die Erinnerungen an das Schöne", sagte sie.

Eliza tanzte mit geschlossenen Augen, das Gesicht zum Himmel gewandt. Leicht und lautlos flogen ihre braunen Füße durch den Sand, und ihr Körper war ganz Seele.

War sie übermütig, wirbelte sie wie ein Drehwind im Kreis und klatschte in die hoch erhobenen Hände, als wäre sie ein trunkener Sonnenvogel, der am Temba – dem Rauschsaft der Palme – genippt hätte.

Hier im Paradies war sie von der Freiheit berauscht, die sie in ihrem armen Leben nicht gekannt hatte.

Doch es gab auch für Eliza noch Nächte mit Träumen, in denen das Leid des Lebens wieder da war. Dann hörte Magdalena sie klagen wie ein Schilfvogel bei Nacht.

Elizas Heimat war ein fernöstliches Land. Für jeden Fremden war es ein schönes Urlaubsland; doch für sie hatte es sich nicht paradiesisch darin leben lassen, nicht einmal mit ihren siebzehn Jahren, mit denen sie hier ankam. Anstatt den unbeschwerten Traum der ersten Liebe träumen zu können, der schon mit der ganzen Sehnsucht nach Liebe in ihr geschlummert hatte, verließ sie die Welt, überraschend schnell und schmerzlos. Wenigstens der Tod hatte nicht lange leiden lassen!

Ihre Kindheit sei schön gewesen, sagte Eliza. Warm und deshalb schön! Schön bis dahin, wo die Hand der Mutter sie losließ, obwohl sie noch an ihrem Rockzipfel hing und nie satt wurde. Niemand von ihnen wurde wohl satt; denn warum sonst hatte man sie verkauft?

Doch es gab keinen mütterlichen Ersatz in Elizas kleinem Leben. Von Liebe ganz zu schweigen! Das, was sie nun mehr an Essen hatte, mußte sie sich mit Arbeit verdienen. Und gar zu schnell verlangte man, dass sie erwachsen werde, um auf den Feldern der Reichen zu arbeiten und dort wehrloses Opfer zu werden, wenn sie in ihrer kindlichen Schönheit Wohlgefallen erregte. Oft hatte sie sich zur Nacht in ein hochbewachsenes Feld verkrochen - so wie sie die Vögel vor den Schüssen der Jäger eintauchen sah -, bis die Lichter in den Fenstern der Herrenhäuser erloschen waren. Am Rande der Sümpfe hatte sie sogar ein Krokodil verschont.

Nur die Menschen verschonten nicht! Sie ließen am Leben, um zu quälen, ob man noch Kind war oder Frau.

Doch eine Tsunami-Welle war gnädig. Bei der Reisernte auf den Küstenfeldern riss sie sie in ihren starken Armen mit sich fort. Sie hätte mit den anderen vor ihr fliehen können. Aber sie tat es nicht.

Mit einem Schrei stellte sie sich ihr entgegen. Es war ein Doppelruf aus Qual und Jubel nach dem Paradies einer anderen Erde.

*

Julia

Julia wohnte bei ihrer Großmutter am Platz des Großen Bären. Magdalena sah sie immer über den Platz hüpfen. Sie lief und sprang umher und sang alle Kinderlieder, die sie einmal gelernt hatte.

Doch am Ende ihres kindlichen Lebens hatte die Fröhlichkeit sie verlassen. Sie wußte nicht mehr viel von Schmerz und Traurigkeit; denn ihr Leben war zu kurz gewesen. Kleine Kinder vergaßen bald. Geduldig fügten sie sich in ihr Leid, und wenn die Sonne schien – egal auf welche Weise – lachten ihre kleinen Gesichter wieder, und die Augen strahlten.

Magdalena verglich sie mit widerstandsfähigen Blumen, die alle Wetter ertrugen: die Sonne, den Regen, den Wind, und sich gleich danach aufrichteten und weiter blühten.

Julia war so eine kleine Blume. Die Sonne des Paradieses hatte sie wieder aufblühen lassen. Wenn der Wind ihre hellen Locken zerzauste, und beim Umherhüpfen die Zipfel ihrer bunten Kleidchen flattern ließ, und ihr helles Lachen wie eine kleine Jingle-Bell über den Platz klang, war sie die süßeste und schönste Blume des Himmels. Es war nicht vorstellbar, dass ihre kleinen flinken Beine einmal durch ein Unglück plötzlich gelähmt waren, und dass sie nicht mehr hatte sprechen und essen können. Einige Zeit hatte sie sich noch mit den Streicheleinheiten und Liebkosungen, die man ihr schenkte, begnügt; aber sie hatten eines Tages nicht mehr zum Leben gereicht.

Als sie in Traurigkeit verfiel, brachte ein Engel sie im Schlaf hinauf, und legte sie flüsternd und sanft in die Arme der Großmutter, in einem kleinen weißen Haus am Platz des Großen Bären.

*

Pako

war schon länger hier. Es gefiel ihm am Platz des Großen Bären und er glaubte, dass dieser ihn beschütze. Auch er war noch ein Kind. Ein großes Kind, dessen Seele klein und schutzbedürftig war, aber der Verstand klug und wachsam, und skeptisch wie bei einem Greis. Er sah und hörte alles, doch er nahm an nichts teil, weil er wie im Leben ein kindlicher Einzelgänger war, den das Leben zur Vorsicht erzogen hatte. Allein hatte er auf der Erde gelebt; warum sollte er es nicht auch hier, wo es so einfach war? Pako sah schon den Unterschied dieser beiden Leben, aber seine Erinnerungen lebten mit.

Sie führten ihn immer wieder zurück an den Pazifischen Ozean, nach Valparaiso, wo er hergekommen war.

Doch es war seltsam. Statt mit einer Seele, war er mit zwei Seelen angekommen. So glaubte er, und war jedoch mitlerweile der Meinung, dass sie nun beide überflüssig geworden seien, da sie keine Aufgabe mehr hätten.

Man mußte Pakos Lebensgeschichte kennen, um die Sache mit den Seelen zu begreifen. Es war so:

Die eine war die mütterliche frohe Seele, die mit ihm in den Träumen auf weißen Pferden davonritt, ihn liebkoste, Illusionen schenkte und ein kleines Glück in der Nacht. Die andere war die väterliche, die viel älter und klüger war als Pako. Jede hatte ihre Aufgabe zu erfüllen: die weibliche war für die nächtlichen Träume zuständig, in denen er sich vom Tag erholte. Die männliche hatte es schwerer; sie mußte ihn durch den Tag führen. Deshalb war sie klug und wachsam geworden. Pako achtete sie sehr, weil er ihren Wert kannte. Außerdem verdankte er ihr sein tägliches Überleben.

Pakos Leben war kein leichtes unten in Valparaiso!

Sobald die Sonne im Pazifischen Ozean versunken war, war es für Pako stets an der Zeit gewesen, nach Hause zu gehen. Sein Weg war weit, und die Straßen der großen Hafenstadt waren später in der Dunkelheit nicht nur die feinsten. Nicht, dass Pako zu den Ängstlichen gehört hätte. Im Gegenteil! Wegen seiner Hilflosigkeit war er vielmehr einer der Schlauen und Vorsichtigen geworden, besonders in der Nacht. Er hatte dann lieber seine Arbeit aufgegeben, wenn auch mit hungrigem Bauch, und sich in seine Behausung zurückgezogen. Sie war seiner Stellung in der Gesellschaft angemessen gewesen, und auch nicht vom Feinsten.

Pakos ehemaliges Zuhause war ein Tonnenhaus, regendicht und lang genug zum Ausstrecken, wenn er am Abend müde heimkam. Es war auch groß genug, um in der hintersten Ecke seine wenigen Habseligkeiten zu verwahren. Es war ein gefundenes Strandtuch, das ihm zusammen mit der Wolldecke, die ihm einmal eine gütige alte Dame geschenkt hatte, zum Schlafen diente. Und da gab es noch den verlorengegangenen Kamm der Schickeria, der Goldauflage trug. Vor dem Scherbenstück eines Spiegels kämmte er sich in der Früh sein länger gewachsenes schwarzes Haar, das ihm einer seiner Kollegen von Zeit zu Zeit kürzte, der sogar im Besitz einer Schere war. Als Gegenleistung erhielt er eine Tortilla. Sie badeten im Meer; noch bevor die ersten Strandurlauber kamen, war es erlaubt. Einige seiner jungen Kollegen verbrachten auch die Nacht dort in alten Fischerbooten, die nicht mehr wassertauglich waren.

Pako aber war stolz, ein kleines überdachtes Heim zu haben, ganz für sich allein: die Tonne!

Vor seiner Zeit hatte sie wohl dazu gedient, das Regenwasser für die Zeit der Trockenheit aufzufangen. Über einen Wink seiner schlauen Seele hatte er sie einmal im Vorübergehen in dem verlassenen, mit Büschen zugewachsenen Garten entdeckt, als ein heftiger Gewitterregen vom Himmel prasselte und er jeglichen Schutz gebrauchen konnte. Der Sturm hatte sie umgeworfen und unter die hohen Sträucher gerollt, an einen idealen unsichtbaren Platz, der Pako zu einem sicheren Zuhause wurde.

Abend für Abend freute er sich auf sie, wenn er seine Decke in ihrer Schlafstatt ausbreitete, und sich den Träumen seiner jungen Seele hingab.

Nur einmal hatte er die Tonne mit jemanden geteilt: mit einem Kameraden von der Straße. Es war ein Hund, der genauso war wie Pako: jung, hungrig und glanzlos, und mit dunklen Augen voller Sehnsucht nach Wärme.

„Hermano" hatte er ihn genannt. Bruder!

Hermano hatte schnell verstanden, dass er von Pako nicht viel mehr zu erwarten hatte, als den Schlafplatz in der Tonne bei Nacht; und als die Hand, die ihn streichelte, und die flüsternden Worte, wenn sie geborgen und eng beisammen lagen in der geteilten Wärme.

Auch Hermano schien zwei Seelen zu haben: die schlaue, die ihn jeden Abend durch das Wirrwarr der dunklen Straßen nach Hause führte, und die andere, mit der er von schönen Dingen träumte. Dann spürte Pako seine Freude im Traum.

Trotz seiner Schläue kam er oft mit Wunden im Fell angeschlichen. Sicher hätte auch er aus seinen Fehlern gelernt und wäre schnell erwachsen geworden. Doch er lebte Pakos Leben und hatte noch keine so erfahrene Tages-Seele wie er.

Pako begriff es in jener Nacht, als er Hermanos Nähe vermisste. Er fand ihn in der Frühe des anderen Morgens erschlagen im Rinnsal einer Gasse, wo jeder achtlos an ihm vorüberging.

Schon damals war es auch ihm bewusst geworden, wie wertlos ein Straßenleben in der Welt war. Es hätte auch seines sein können!

Von da an fror es ihn in der Nacht.

Doch die Erkenntnis nützte Pako wenig. Immer wieder erwachte er in einen neuen Tag voller Herausforderungen, zu überleben. Kälte und Hunger übertönten den inneren Schrei nach Gerechtigkeit, der manchmal aus dem Elend der Tage, und nach dem Erwachen aus den Wunschträumen der Nacht, in ihm aufstieg.

Pako hatte gelernt, ihn zu überhören. Noch hatte er aus ihm keinen Rebellen der Straße gemacht. Doch mit etwas Unterstützung anderer könnte er mit zunehmendem Alter ein Revolutionär werden, ein Kämpfer für die Kleinen, wie er!

Bis dahin ging er Morgen für Morgen in den Tag der Priveligierten, hinein in den Lärm der Stadt: auf die Plazzas, zu den Boulevards und auf die Promenaden am Strand, vor die Portale der Kathedralen und Museen und die der feudalen Hotels. Er kannte sich aus in den Parks und Alleen, die zu den Villen führten, obwohl er nirgendwo gern gesehen wurde, wie ein junger Hund, der bettelte. Gegen Abend strich er um die Casinos, wartete vor den Bars und Ausgängen der feinen Restaurants, bis die Dunkelheit kam.

Pako erlebte viel an einem Tag, und war an Freundlichkeiten wie an Demütigungen gewöhnt. Er kannte die verschiedenen Klassengesellschaften der Menschen und wußte sich auf jede einzustellen. Meistens genügte es, nur stumm die Hände aufzuhalten und Blicke sprechen zu lassen, die ans Herz rührten. Er erkannte gleich die mit dem guten Herzen und dem echten Erbarmen, und war ihnen besonders dankbar; denn sie schenkten ihm oft mit Wenigem viel mehr.

Doch er sah auch den anderen hinter die Stirn, die ihm aus purem Eigennutz etwas zukommen ließen, vorallem wenn sie in Begleitung einer beachtlichen Gesellschaft daherkamen. Es wertete ihr Ansehen auf, dem armen kleinen Teufel in einem Anflug von Großmut eine größere Münze zugesteckt zu haben. So machte das Geben, aus welchen Gründen auch immer, alle zufrieden, und am meisten Pako.

Das, was er erhielt, reichte oft um satt zu werden. Alles Essbare verzehrte man am besten gleich, bevor es abhanden kam. Und das Geld gab man besser auch sofort dafür aus. Nicht alles! Es mußte noch etwas übrig bleiben für den Boss der Straße. Das war sein Gesetz.

Über den Umgang mit vielerlei Menschen und Gefahren erhielt Pako in Kinderjahren seine Bildung. Die Straße war seine Schule! Dort lernte er seine Lektionen. Dumm durfte man auch nicht sein, um auf diese Art seinen Lebensunterhalt zu bestreiten. Und Pako hielt sich nicht für dumm; denn er wußte, wie internationales Geld aussah und was es im Einzelnen wert war, und wie viele Tortillas er sich davon kaufen konnte.

Er verdankte es seiner väterlichen Seele, dass er täglich überlebte, und vielleicht ein wenig satter wurde als manch andere, und als man ihm zugestand. Kollegen, die weniger wachen Instinkt besaßen, blieben nicht lange. Sie verschwanden über kurz oder lang. Für immer!

Gut, dass Pako schon früh gelernt hatte, sich den Gesetzen der Straßenbanden unterzuordnen, sonst gäbe es auch ihn schon lange nicht mehr! Das Milieu auf der Straße war nur etwas für die Mutigen und Schlauen, die die Gefahren schon ahnten, bevor sie da waren. Wurden sie dennoch einmal bei irgendwelchen kleinen Unterschlagungen von den Spähern der Banden gefasst, galt es stark genug zu sein, stark an den Nerven. Und schweigsam auf Biegen und Brechen! Ansonsten wartete danach die Hölle bei der Verurteilung durch den Bandenleader und der anschließenden Auseinandersetzung mit seinen Bodyguards.

Keiner von Pakos Kollegen arbeitete selbständig und frei; sie waren alle in dieser Gewalt. Der Boss schuf die Gesetze, an die sie sich halten mußten. Eine grobe Missachtung konnte die Todesstrafe bedeuten. Niemand wußte, wann und wo er plötzlich mit seiner Gefolgschaft auftauchte, um sich seinen Anteil der Tageseinnahmen zu holen. Er war plötzlich da und nahm reichlich, ob der Tag gnadenreich war oder nicht! Der Ablauf vollzog sich wortlos. Hatte einer wenig, so griffen sie nach demjenigen selbst, ebenso still und ohne Erbarmen, und öffentlich unbemerkt in einem Winkel bei Nacht.

Dann ging Pako heim aus der schönen reichen Stadt wie nach einer Auspeitschung aus dem Paradies, auf das er keinen Anspruch hatte. Und noch war es so.

Die Nächte gehörten in diesen Hafenstädten den Banden.

Und der Polizia! Da galt es besser, sich rechtzeitig zurückzuziehen, um nicht in die heiße Jagd zu geraten, mit der sie den nächtlichen Frieden der Stadt unterwanderten, und über die auch die Kleinen, wie Pako, immer weniger wurden.

Pakos guter Instinkt war seine Garantie, überhaupt täglich im großen Schwarm der kleinen Planktone mitzuschwimmen und der Gefahr ausgesetzt zu sein, von den größeren Raubfischen gefressen zu werden. Nur mit ihm überlebte er. Er war die Garantie, sein Beschützer und sein Ernährer, auf den er sich alle Tage verlassen konnte. Er war die Stimme seiner väterlichen Seele. Pako hörte auf sie, wenn sie zu ihm sprach, ihn vor Gefahren warnte oder ihn mit Hinweisen zum Erfolg führte. Dieser Instinkt sorgte für ihn wie ein Vater.

Ehrfürchtig nannte er ihn „Padre".

Es könnte alles so weitergegangen sein, wenn da nicht der Morgen gekommen wäre, an dem er nicht mehr aufstehen wollte. Ein Hurrikan war über die Stadt gefegt mit sintflutartigem Regen. Die Wellen des Pazifiks waren weit über die Promenaden geschlagen und hatten die Stadt in Angst und Schrecken versetzt.

Pakos Tonne aber, weiter abseits gelegen und von den starken Armen der Büsche und Kakteen gehalten, war an ihrem Ort geblieben und hatte ihm Schutz geboten. Doch es war keine Wärme mehr in ihr seit jener Nacht, und auch nicht in Pako. Seit Tagen hockte er darin, umrauscht von Sturm und Regen, und frierend an Leib und Seele.

Nur in ihm selbst wurde es immer stiller. Sein Bauch verlangte nichts mehr, und sogar die mahnende Stimme des Padre, die ihn jeden Morgen zum Aufstehen aufgefordert, und der er sich gehorsam gefügt hatte, schwieg.

Stattdessen begannen die Träume. Sie führten ihn zurück in die Straßen der Stadt und ließen es zu, dass er gehetzt und gejagt, und mit ihm abgerechnet wurde in roher Gewalt. Ganz deutlich sah er das grinsende Gesicht des Bandenleaders über sich. Und als er aus seinen Ängsten erwachte, war er nass wie der Strauch im Regen vor der Tonne.

Da meldete sich wieder die Stimme des Padre, die ihn bitten ließ:

Schenk mir ein Stück von der Sonne
El Dios de los pobres – Du Gott der Armen,
bitte schenk mir ein Stück
von ihrem goldenen Mantel!

Davonreiten werde ich über die Berge
und schwimmen durch die Meere
ehe sie untergeht am Ende der Welt
mit dem schnellsten Hengst aus der Pampa!

Hoi, wird der Mantel glänzen im Flug
wird leuchten und blenden!
Aufrecht schreiten werde ich und rufen:
„Hola, vivimos companeros – das Leben ist gut!"

El Dios bueno, guter Gott,
bitte leihe mir ein Stück von der Sonne
para una dia, para una hora –
für einen Tag, eine Stunde!

El Dios humano – menschlicher Gott,
schenk mir nur etwas Brot
sòlo un poco de pan,
dazu die Wärme deiner Sonne
bitte, mein Gott – Dios mio, por favour!

Ingeborg Christ

Die mütterliche seiner beiden Seelen erbarmte sich. Wie ein rettender Engel stand sie im Morgenlicht am Eingang der Tonne und nahm ihn mit. Auf einem schnellen weißen Pferd ritt sie mit ihm davon, begleitet von den Freunden der Straße, die es schon lange nicht mehr gab.

Pako erwachte noch einmal aus seinem Fieber, damit ihm klar werde, dass es nur Träume waren, die sein Bewußtsein verwirrten.

Er verkroch sich noch ein wenig mehr als sonst ins Innere der Tonne, auf deren Blechdach der Regen trommelte und in endlosen Bächen daran herabfloss, und durch die verrosteten Nieten ins Innere tropfte. Er vermischte sich mit dem Fluss seiner Tränen, der zurückgehaltenen von gestern und mit denen von morgen, die niemand sonst um ihn weinen werde, und wurden zu Tränen der Barmherzigkeit, die Pako sich selbst zum Abschied schenkte, bevor die Stimme des Padre zum Aufbruch rief.

*

Ausschnitt aus „Die kleinen Träume vom Glück" 2010
Ingeborg Christ

La-le-lu

... nur der Mann im Mond schaut zu ...

sangen die Kinder auf dem grünen Hügel des Paradiesplatzes. Die gleichnamige Straße führte vom Platz des Großen Bären direkt auf ihn zu. Für die Kinder der Umgebung war er ein Ort des Vergnügens. Bäume mit Schaukeln daran, und bunten wilden Blumen auf den Rasen, Bänke, Tische mit großen bunten Spielfiguren, ein flacher Teich mit Fischen und einem Springbrunnen, und einem kleinen Wasserlauf mit Holzstegen, in dem die Fischlein den Hügel umschwammen, machten den Platz zu einem Treffpunkt für Jung und Alt.
Auch Magdalena besuchte ihn gern. Es war schön, unter den großen Bäumen im Schatten zu sitzen und ihnen beim Spielen zuzuschauen und das muntere Geplapper zu hören. Und ihr Lachen! Es stimmte jeden fröhlich, der es vernahm.

Am Paradiesplatz und Umgebung wohnten Kinder aller Nationen. Magdalena hörte es aus ihren Liedern, und wenn sie sich Geschichten erzählten. Sie zeigten keine Scheu untereinander, wie Erwachsene es Fremden gegenüber taten. Alle die kamen, waren willkommen und nahmen an den Spielen teil, die von Land zu Land ihrer Herkunft unterschiedlich waren. Sie fanden es lustig, sich gegenseitig etwas beizubringen, Sprachschwierigkeiten schien es nicht zu geben.
„Kinder geben ein Beispiel ab für die Erwachsenen. Dabei sollte es umgekehrt sein", hatte Mrs. Summerville gesagt, als sie einmal bei einem Besuch zusammen mit Magdalena und Zarah dort gesessen hatten.

Man mußte sie einfach mögen. Ihre ungezwungene und offene, ehrliche Art war wirklich beispielhaft.

Und sie waren so unterschiedlich schön! Den kleinen Mädchen mit den blonden Haaren flogen die Röcke, wenn sie umher wirbelten. Die Buben gaben sich ab gewissem Alter, und waren sie noch so klein, als ein Abbild ihrer Väter: stolz und stark, auch wenn die Mädchen meist überlegen waren.

Die mit den schwarzen Lockenköpfen und der dunklen Haut bliesen gern auf Bambusrohren. Es klang melodisch, fast wie die Flöte des Pan.

Die Mädchen mit dem glatten schwarzen Haar liebten es, sich mit Blumen zu schmücken. Sie gingen sanft miteinander um. Zartgliedrig und graziös tanzten sie wie kleine Ballerinas über den Platz, und erinnerten Magdalena an die Anmut von Eliza. In ihrer goldbraunen Haut schauten sie aus wie Kinder der Sonne. Ob von Norden oder Süden, und egal woher: Sie waren allesamt Kinder der Sonne, und ihre kleinen Herzen waren aus purem Gold!

Magdalena schien es, als habe Gott die Kammern der traurigen Erinnerungen in ihnen geschlossen, die auch sie gewiss hatten. Wieso waren sie sonst schon hier? Gnädig hatte er ihrem irdischen Weh ein Ende gemacht und sie direkt in sein Paradies genommen. Doch angesichts dieser glücklichen Kinder hatten sich Magdalena, Zarah und Mrs. Summerville auch nach denen gefragt, deren Leiden auf der Welt zu lange dauerte.

Wo und wann gab es ihre Chance auf ein besseres Leben?

Warum mußte es überhaupt diese kleinen Unschuldslämmer geben, die Opfer der Erwachsenen wurden?

Es blieb auch hier bei Gottes Güte und Allmacht noch eine

unbeantwortete Frage. Es gab Vieles, das sie nicht verstanden. Gott war zu groß, als dass die Menschen ihn verstehen konnten! Und er war nicht beweispflichtig bei dem was er tat. Dinge geschahen, oder auch nicht! Der Mensch war es, der sich in seinem Schicksal zu beweisen hatte, so oder so. Und er erwartete ein dankbares Gefühl von ihm, wenn er es ihm gut gehen ließ. Nichts war selbstverständlich reine Menschensache.

„Wohin sollte das führen," hatte Mrs. Summerville gesagt, „wenn der Mensch sein Schicksal allein bestimmen würde?"

Und Magdalenas Meinung war gewesen:

„Dann gäbe es nur Wohlstand auf der Welt!"

„Ein sorgenfreies, angenehmes Leben!" hatte auch Zarah gesagt.

Die Paradies-Kinder hatten sehr wohl Erinnerungen mitgebracht: viele schöne und eindrucksvolle, als sei ihr kurzes Leben das reinste Abenteuer gewesen. Manchmal saßen sie zusammen und erzählten sich oben auf dem Hügel ihre Geschichten.

Nikolaus kam immer mit den reinsten Schauermärchen, wobei es ihm anscheinend gefiel, wenn es die anderen gruselte. Dann fassten sie sich oft an den Händen und rückten enger zusammen. Einmal mußte die kleine Tatjana in ihrer Mitte schon weinen. Die anderen trösteten sie und verlangten von Nikolaus, dass er sofort damit aufhöre.

Besonders Benni sorgte auf seine Weise dafür, indem er sein Hemdchen auszog und es Nikolaus um den Mund band. Er war genauso klein und noch furchtsam wie Tatjana, und wollte nur

Schönes und Lustiges hören. Am liebsten nur die Geschichten von Joschka, dem kleinen Clown. Er sorgte immer für den Ausgleich. Alles, was er sagte und tat, hatte etwas Drolliges an sich.

Die kleine Swantje erinnerte sich gerne an die Fjord-Fahrten auf dem Kahn ihres Großvaters. Sie war eine Norwegerin mit großen blauen Augen und einem strohgelben Haarzopf. Heute noch kannte sie die Seemannslieder des Großvaters, die sie versuchte mit rauer Stimme nachzusingen. Und an seine Grimassen erinnerte sie sich auch, die sie krampfhaft versuchte nachzuahmen. Sie verzerrte ihr kleines Gesicht so darüber, dass nur sie selbst darüber lachen konnte. Es waren ja auch Swantjes Erinnerungen!

Loretta und Marleen waren oft mit der schönen Farah beschäftigt. Ohne Ende flochten sie manchmal an Farahs langen Haaren, Zöpfchen für Zöpfchen, und versuchten sich an immer neuen Frisuren. Farah ließ es sich gern gefallen, und saß da mit verträumtem Blick aus ihren dunklen Augen.

Moúno, der Eskimo-Junge, hatte in seinen jungen Jahren schon etwas Handfestes erlebt. Er klärte die anderen über einen Walfang auf, der schrecklich aufregend gewesen war. Mit vielen Männern habe er den riesengroßen Fisch an einem Strick aufs Eis gezogen. erzählte er. Und auch über das Leben der Eisbären wußte er viel.
Die kleine Ramona aus Palermo wußte nicht, was ein Eisbär war, und die anderen lachten. Moúno lachte nicht; denn er kannte kein Kamel und keine Schlange, von denen sie erzählt hatte.

Sogar die kleine Betti aus Köln, die gerade soeben mitdenken und mitreden konnte – und das wollte sie auch -, plapperte immer dazwischen: dass sie mit ihrem Papi auf den Dom gestiegen sei, viele tausend Stufen, sogar bis zum Himmel, wo nicht einmal Vögel flogen!
Und die Eisbären von Moúno kannte sie auch:
„Aus dem Zoo!" rief sie begeistert.
Aber dass man „Himmel und Erd" essen konnte, glaubte ihr nun wirklich niemand.

Alexander aus Berlin hatte auf der großen Mauer gestanden, und, man stelle sich vor, es hatte keiner geschossen!
Auch auf einen Wachtturm sei er mit seinem Bruder Philipp gestiegen, und sie hatten noch den Todesstreifen gesehen. Komisch still hätte es da ausgesehen, und es habe ihm immer noch Angst gemacht.
Mit den Eltern sei er durchs Brandenburger Tor gegangen, und viele andere auch. Einfach so! Und einmal wären sie mit der S-Bahn und mit dem Auto von Charlottenburg bis Schönefeld gefahren, auch einfach so!
Doch was es für Alexander Besonderes gewesen war, verstanden die anderen nicht. Sie hörten ihm zu und nickten ernst, als ob sie es verstünden.

Achmed hatte einen kleinen chinesischen Freund gefunden. Mit je einem Arm um die Schulter des anderen, gingen sie unzertrennlich einher. Achmed war zwar größer, aber es fiel ihm nicht schwer, aus Freundschaft eine geneigte Haltung anzunehmen. Sie gaben in ihrer Innigkeit ein drolliges Bild ab. Aber man sah gleich, dass sich diese beiden gefunden hatten.

Elisabeth, eine kleine feine Wienerin, wurde angebetet von Fernando. Er kam aus einer spanischen Zirkusfamilie und beherrschte alle Kapriolen. Auf den Schaukeln unter den Bäumen schwang er sich hoch bis zum Anschlag, mal sitzend, mal stehend, und brachte ein Blatt des Baumes mit als Geschenk für Elisabeth. Unten machte er Sprünge wie ein kleiner Springbock in der Savanne, die ihm kein anderer nachmachen konnte. Nichts war ihm zu waghalsig, um Elisabeth etwas Unterhaltsames zu bieten und ihr zu gefallen.

Ebenso um seine Freundin bemüht war Loán.
Er gefiel sich als „Großer Tiger", der sich zähmen ließ von Ying-Ling, der zarten, smarten Philippinin. Sie spielten das Tiger-Mensch-Spiel mit Anschleichen, Erschrecken, Angst und Zähmung. Die beiden spielten es gut; es hatte für Loán und Ying-Ling etwas Lebensnahes und war das Eindrucksvollste, was sie mitgebracht hatten. Für die anderen aber war es „Das böse Märchen", obwohl das Schauspiel immer, zu aller Beruhigung, gut endete, wenn Ying-Ling mit ihrem sanften Lächeln den Tiger zähmte und ihm über den Kopf streichelte. Dann atmeten auch die anderen auf, und die Kleinsten unter ihnen kamen herbei, um den wilden Tiger zu streicheln, weil sie sich ganz mit der Echtheit des Spiels identifiziert hatten.

Marius hatte in seinen Kinderjahren schon die Welt von oben gesehen. „Mein Vater war ein Flieger!" erzählte er.
Über den Wolken sei es so schön gewesen, dass er immer am liebsten dort oben geblieben wäre.
„Aber nun bist du höher!" rief die kleine Betti dazwischen, die

auch immer gern hoch hinaus gewollt hatte.

Andreas und Jasper waren schon über das Meer gefahren und hatten Stürme überlebt. Außer dem einen! Auch sie hielten alle mit ihren Klabauter-Geschichten in Atem. Wale hatten sie gesehen, die ihre Fontänen bis über die Segelschiffe gespuckt hatten. Mit aufgerissenem Maul hätten sie ein Boot verschlucken können. Und Haie waren dort gewesen, die alles beobachtet hatten, was sich auf und im Wasser abspielte.

„Wie gefährlich sind in Wirklichkeit die Haie?" wollte Marius wissen.

Nikolaus beantwortete die Frage:

„Jedenfalls gefährlich genug, dass ich nicht ins Wasser gehen würde, wo Haie sind!"

Die anderen stimmten ihm zu.

Auch die kleine Betti saß mit offenem Mund dazwischen und glaubte alles. Dann zupfte sie an Jasper herum:

„Die haben doch Zähne, oder?"

„So viele, dass du sie garnicht zählen könntest!" sagte der junge Seefahrer wohlwissend.

„Oooh, tut das weh!" gruselte es die Kleine.

Man sah, dass die Geschichten, die sich die Kinder erzählten, keine Lebensängste erzeugten, denn gleich darauf kam die Fröhlichkeit wieder. Keines von ihnen hatte mehr die Schrecken des Todes in Erinnerung. Gottes Engel hatten sie schnell davongetragen. Wo sie alle lebten, wußte man nicht so genau. Die, die nicht bei engsten Verwandten waren, würden von den Engeln der Gottesmutter Maria umsorgt. Die Hauptsache war: es ging ihnen gut, und sie nahmen dieses Leben wahr wie ein natürliches, in dem keines leiden mußte!

Noch auf dem Heimweg am Abend hörte Magdalena sie auf dem Hügel singen. Sie sangen das Lied vom Mond, das ihre Mütter ihnen einst vorm Einschlafen gesungen hatte. Die schönen Erinnerungen waren ihnen geblieben.

„La-le-lu
nur der Mann im Mond schaut zu
wenn die kleinen Babies schlafen;
nun schlaf auch du!"

*

Ein Tänzchen in Ehren

Heute war ein besonderer Tag: Mariann war mit Magdalenas Familie am Platz des Großen Bären erschienen. Sie hatte jeden ausfindig gemacht. Typisch Mariann!
Alle, die sie, Magdalena, einmal geliebt hatte, die von früher und die von später, waren gekommen und sogar die, mit denen sie einmal befreundet gewesen war. Magdalena konnte es kaum fassen. Sie hatten Blumen mitgebracht und drückten ihr die bunten, schönen Sträuße in die Arme. Alle waren in bester Laune und hatten sich vorgenommen, das Wiedersehen zu feiern. So hatte die Begrüßung mit großer Freude stattgefunden, und sie waren sich lachend und weinend in den Armen gelegen.

Doch was nun? Das Haus war zu klein, sie alle aufzunehmen.
Eliza, die ebenso aufgeregt war wie Magdalena, lief umher und
band Blumen an Türe und Fenster, die Silvio, ihr Nachbar, aus
seinem Garten brachte. Die laute Freude am Platz blieb auch
den übrigen Anwohnern nicht verborgen. Und so kamen auch
Andrès und Josip, die beiden Brüder, und schleppten Tische
und Bänke für die vielen Gäste heran. Elena, Boris und der alte
Friedrich von vis-a-vis, boten ihre Stühle an und halfen mit.
Selbst der scheue Pako kam herbei und bot auf seine höfliche
Weise allen einen Platz an.
Als Vincente, auch aus Magdalenas südtiroler Heimat, mit
seinem alten Akkordeon erschien, wurde es noch lauter. Er
hatte lange nicht mehr darauf gespielt, aber er wußte heute
noch, wie er damit Stimmung machen konnte.
Bald schallte die Musik über den Platz des Großen Bären, und
die altbekannten Lieder, die er dazu sang, klangen so wie
früher. Einige Alte rührten sie zu Tränen. Sie hatten sie so
lange nicht gehört.
Drüben am Platz saß die alte Kathi vor ihrem Haus und
klatschte bei der Musik in die Hände. Auch Philipp, der
Nachbar, winkte herüber und wünschte einen frohen Tag; und
Vittorio, ein paar Häuser weiter, brachte ein Blumensträuß-
chen für Magdalena: „zur Feier des Tages"!

Sie hatten sich viel zu erzählen, das aus dem streckenweise
gemeinsamen Leben, und das von Hier und Heute. Dabei wurde gelacht und geweint. Es war zuviel auf einmal! Das sei
normal, meinten alle.
Aber Vincente sorgte mit seiner Musik dafür, dass es fröhlich
weiterging. Als er die alten Tänze aufspielte, kam Übermut in

alle. Sogar die Großeltern wagten ein Tänzchen auf dem Platz des Großen Bären, und es wurde Beifall geklatscht.

Mittlerweile war auch Julia mit ihrer Großmutter unter ihnen. Fröhlich hüpfte die Kleine zwischen ihnen und tanzte zur Musik, wie sie es gerne tat.

Es war ein schöner Tag für alle!

Die Freude nahm erst ein Ende, als der Abend nahte und Mariann, ihre Begleiterin, zum Aufbruch mahnte; denn die unterschiedlichen Heimwege waren lang.

Und wieder gab es Umarmungen und Küsse! Und viele Versprechungen, sich bald wiederzusehen: im Paradiesgarten, im Landschaftspark, am Grünen oder Blauen See, im Forum, oder irgendwo. Sie kannten sich aus; hier waren sie nun zu Hause!

Mit ihrem Vater verabredete sich Magdalena in der Bibliothek des Forums. Auf der Bank an den Kaskaden wollten sie sich treffen und den Tag für sich allein haben.

Winkend gingen sie in der Dämmerung von dannen, jeder zurück in seine häusliche Stille, in der man seine Ruhe fand.

*

Das Mani sakla

Tantem wohnte am Platz des Albatros, am Ende der Südstraße, die vom Platz des Großen Bären ausging.

Immer, wenn Magdalena dort auf einer Bank am Teich saß, sah sie Tantem. Er war wohl schon eine Weile hier, und dennoch nicht zur Ruhe gekommen. Unruhig umrundete er manchmal den Teich und sprach mit einem jungen Kranich, der im Schilfrand des Ufers wohnte. Der große Vogel war zutraulich. Er folgte Tantem auf den hohen Hügel am Rande des Platzes, wo er mit seiner Hilfe Flugübungen machte. Doch sie waren immer erfolglos. War er verletzt und noch nicht kräftig genug? Jedenfalls schien es Tantems Sorge zu sein.

Als die beiden an einem Tag zum Teich zurückkamen, sprach ihn Magdalena an:

„Was ist mit dem Kranich? Warum lebt er so allein an diesem Wasser"?

Tantem schüttelte den Kopf. Er wußte es nicht.

„Er fliegt nicht und er singt nicht!" sagte er

Sie setzten sich auf die Bank und beobachteten ihn.

„Vielleicht hat er den Anschluss an seine Artgenossen versäumt?" vermutete Magdalena. „So wie manch anderer Reisevogel auf der Erde"? Sie hatte es oft gesehen, und jedesmal hatte er ihr dann leid getan.

Er sei nicht verletzt, nur halt allein, meinte Tantem und fragte sich, wohin wohl die anderen geflogen seien?

„Ja, wo mögen die Tiere sein?" überlegte auch Magdalena.

Während sie noch sprachen, kam Elena vom Platz des Großen Bären auf sie zu, die auch unterwegs war. Sie setzte sich zu ihnen, und sie redeten über den Kranich.

Elena war eine Tierforscherin gewesen und hatte die halbe Welt bereist, um das Leben der Tiere zu beobachten. Sie kannte sich aus. Und sie wußte auch, wohin die anderen geflogen waren:

„Ins Tierparadies!" lachte sie. „Es ist eigens für sie geschaffen! Ein unermesslich großes Areal, in dem jedes Einzelne auf seine Art leben kann."

„Das ist ja unglaublich!" entfuhr es Magdalena. „Aber wunderbar! Und dort ist kein Mensch?"

„Nein!" lachte Elena wieder. „Sie brauchen doch keinen Menschen! Aber ich besuche sie manchmal. Auf einem stillen Pfad ganz am Rande kann man sie beobachten, ohne sie zu stören."

Bevor Elena sie verließ, bot sie ihnen an, sie bei einer Tour begleiten zu können. Ja, das wollten sie.

Auf der Bank am Platz des Albatros erfuhr Magdalena auch eines Tages Tantems Geschichte. Mittlerweile kannten sie sich gut genug, dass er Vertrauen in sie hatte.

Er war weder jung noch alt, als vielmehr in den besten Jahren, wie man im Leben sagte. Aus dem Vielvölkergemisch der Kolumbianer stamme er, aber in seinen Adern fließe das spanische Blut eines seiner Vorfahren. Seine Zunge spreche auch deren Sprache. Im Herzen und in seiner Gesinnung seien jedoch die Gedanken der anderen Urväter: der Indianer.

Er erzählte gern von seinem Land, „das typisch Erde ist", wie er sagte. In ihm sei alles Gute und Schöne vereint:

Das Karibische Meer mit dem Pazifischen Ozean, die Anden

mit dem Tiefland des Amazonas, und die vielfältigen Schätze der Erde, wie die Felder mit Tabak, Mais und Reis, dem Zuckerrohr, dem Weizen und den Kartoffeln und die Kaffee-Plantagen.

„Ein so gutes Land!" schwärmte er. „Ich wäre so gern noch geblieben!"

Auch über das Leben redeten sie. Und über die vielen Dinge, die er noch hatte tun wollen.

„Man wird nie fertig!" hatte ihm Magdalena gesagt.

„Es gibt hier niemanden, der alles vollendet hat! Und war er auch noch so alt; es gab noch etwas zu tun!"

Er nickte und wußte es. Aber dennoch gab er sich mit seinem neuen Leben nicht zufrieden.

„Was du nicht geschafft hast, werden deine Söhne fortführen!" tröstete sie ihn. „Sie werden die Dinge verwirklichen, die du nicht beendet hast!"

Auch dieser Gedanke half ihm nicht. Das Schicksal, seine junge Familie so früh in Armut und Leid verlassen zu haben, ließ ihn nicht zur Ruhe kommen.

Und da war noch etwas: Tantem hatte eine andere Ansicht von Religion als Magdalena, und er betete zu seinem anderen Gott, wie er glaubte.

Wie in jeder Religion war auch Tantems Gott ein allmächtiger, der auch alles sah, und nach dessen Willen alles geschah.

Er hatte es zugelassen, dass das junge Leben der Bergarbeiter in der Silbermine, und damit auch seines, vom Gestein des Bergwerks begraben wurde. Sie hatten redliches Geld darin verdient, um ihre Frauen und kleinen Kinder zu ernähren.

Dabei hatte Marisa bald ihr nächstes Kind erwartet, für das er, Tantem, zu sorgen hatte. Gott wußte, wie sehr sie das Geld gebraucht hätte. Und auch den jetzigen Lohn, der immer noch ausblieb.

Doch nicht nur das verwirrte ihn in seinem Glauben an Gottes Güte. Über sein allzu kurzes Leben war ihm die Möglichkeit genommen worden, einen gewissen, kleinen Reichtum anzuschaffen, der auch den Verdienst im Jenseits gewährleistet hätte. Wußte sein Gott denn nicht, wie sehr er ihn mit seinem kurzen unerfüllten Leben gekränkt hatte, in dem er seine Pflichten erfüllen wollte?

Und dennoch glaubte er nicht nur an einen Gott, der strafte, sondern auch belohnte, vorallem in einem anderen überirdischen Leben, wo er nach Verdienst die Güter zuteilte.

So weit, so gut! Alle Menschen glaubten das von ihrem Gott.

Und das war ja auch ein schöner Gedanke, auf den man hinleben konnte.

Doch Tantems persönlicher Glaube wich in punkto Vergütung von dem ab, den viele andere hatten:

Er hoffte auf das Mani sakla – das himmliche, heilige Geld, das ihn erwartete. Sein Glaube daran war unerschütterlich! Täglich wartete er darauf, aber es kam nicht. Langsam begann er daran zu zweifeln, dass ihm sein Verdienst eben aus jenen Gründen nicht zustünde. Für die Daheimgebliebenen hatte er zu wenig geschaffen, und für seinen Gott keine Geschenke mitgebracht.

Seine Ahnen hatten von ihren Feldfrüchten ins Jenseits mitgenommen. Manchen, auch denen anderen Glaubens, so

wußte er, wurde ein Teil ihrer Geldmünzen mitgegeben.
Es war ein alter, in Jahrhunderten auf allen Kontinenten über-
lieferter religiöser Brauch. Sogar die uralten Ägypter hatten
ihren Himmelsanwärtern Gold und Silberschmuck mit ins
Grab gegeben, damit sie nicht mit leeren Händen ankämen.
Glücklich, wer etwas anzubieten hatte, im Leben wie im
Jenseits!
Tantem war mit nichts angekommen. Welch eine Schande! Er
schämte sich vor seinem Gott, und vor seinen Ahnen, die er
deshalb nie besuchte.
Dass er den Lohn des Himmels schon erhalten hatte, kam ihm
nicht in den Sinn. Die Zweifel, die ihn unruhig machten,
rüttelten nicht an seinem Glauben an einen gütigen Gott,
sondern richteten sich nur gegen ihn selbst. Im einfachen,
armen Leben eines Mannes war das Mani –das Geld- nun mal
der Reichtum und das Gold des Lebens. Das war überall und
zu allen Zeiten so auf der Welt. Nur damit ließ sich etwas
erreichen, zu Lebzeiten und im Himmel.
Über die Gesinnung und die Moral, mit der man sich auch
Verdienste schaffen konnte, hatte Tantem nie nachgedacht.
Er sah in seinem Leben keinen Grund dazu. Er hatte sie gelebt!

Für Magdalena war Tantems Glaube in seinem Ursprung zu
verstehen. Aber er war gepaart mit seinem rechtschaffenen
Herzen, das geliebt hatte, und mit Geld doch nur zufrieden-
stellen wollte.
Hatte er denn immer noch nicht begriffen, dass es nur spröder
Mammon war? Ein Reichtum ohne seelischen Wert!
Kaltes Geld, nur brauchbar auf der Erde! Und dass es sogar die

Charaktere und den Lebenswandel der Menschen verdarb?
Er war wirklich zu jung gestorben!

Aber so war er nun mal: der Urenkel spanisch-christlichen und Indio-Glaubens! Die Religionen hatten zwar nicht sein Moralempfinden durcheinander gebracht, aber sein Denkvermögen über den wahren Sinn des Lebens und dessen Folgen.
Damit würde er wohl in Ewigkeit gottgefällig einhergehen und auf sein Mani-sakla warten, ohne zu wissen, dass er es bereits erhalten hatte.
Das Paradies, das sich längst vor ihm ausbreitete, sah er nicht!

Auf dem Heimweg erinnerte sich Magdalena daran, dass auch sie sich oft in ihrem Leben nach irgendwelchem Lohn gefragt hatte, war es für ein sorgendes Leben zu Wohlstand und Ehre und immer mehr Glück? Oder gar für die mühevolle Aufzucht ihrer Kinder nach damaligem Wissen? Sie hatte alles gern für sie getan und ihre Liebe verschenkt. Doch eine Leistung sollte belohnt werden, dachte nun mal der Mensch. Aber verlor sie dann nicht an Güte?
So hatte auch sie darauf gehofft, dass alle ihre Bemühungen ein lohnendes Nachspiel hätten, daselbst oder im Jenseits, wenn sie auch gern gearbeitet hatte, weil sie Pflichten nicht als solche angesehen hatte, sondern vielmehr als selbstverständliche Beiträge, die zum Leben gehörten. Die Liebe hatte sie auch ohne Eigennutz verschenkt, weil sie gebraucht wurde, und wichtiger gewesen war als sie selbst.
So hatte sie mit diesem Gedanken, dass sich alles letztendlich lohnte, gelebt. Und sie hatte ihn auch mit in die Ewigkeit genommen.

Dass das Leben in einem Nichts und Amen enden sollte, hatte sie nicht gelten lassen. Mühe lohnte sich!

Die Erwartungen der Menschen auf Anerkennung waren wohl gleich. Es werde sie geben, wenn nicht hier, dann dort!

Die Religionen aber müssten allen deutlicher machen, zumal in diesem Jahrhundert, in dem die stillen Werte so schnell in Vergessenheit gerieten, dass sich die Hoffnung auf das spätere paradiesische Leben nur über ein sinnvolles, moralisch-gesundes, und friedlich gelebtes, liebevolles Erdenleben erfüllte.

*

Mascha, die sibirjakische Seele

Mascha kam von den wilden Ufern des Baikal-Sees. Ihr ganzes Leben hatte sie dort verbracht, und erst im Alter ihren Wohnort gegen das Paradies jenseits der Erde getauscht.

Magdalena mochte sie: ihre Art, ihr gütiges Wesen, und den liebevollen Blick in ihren Augen, worin immer noch etwas Sehnsucht lag.

Sie sprachen oft über ihr Land, über die Rauheit und die derbe Schönheit, und über das Leben dort. Russisch-sibirjakisch und mongolisch geprägt sei es gewesen, sagte Mascha. Glücklich und zufrieden habe sie dort gelebt, und sich nie ein besseres Leben gewünscht.

In Magdalenas kleinem Paradiesgarten erzählte sie von ihrem Wunsch, dorthin zurückzukehren.

„Aber wie denn?" fragte Magdalena erstaunt. „Wie sollte das geschehen? Wir sind nicht dafür geschaffen, zweimal zu leben!"

„Mit Gottes Hilfe geht alles!" lachte Mascha und schien zuversichtlich. „Ich habe meinen Gott darum gebeten."

Sie schien keinen Scherz zu machen; der Gedanke war zu ernst. Und wenn man darüber nachdachte, auch zu schwergewichtig.

Magdalena und Mascha ließen ihn im Raume stehen, sprachen über den Garten und die Blumen, und auch über Magdalenas südtiroler Land mit seiner milden Schönheit unter den hohen Bergen.

„Ich sehe, dass auch du die gleiche Sehnsucht hast", sagte Mascha. „Ich wußte, dass du mich verstehst!"

Doch das relativierte nicht ihre vorhin gesagten Worte. Ehe sie ging, begründete sie sie. Sie erzählte von ihrer Tochter Katharina, sprach davon, dass diese ihr einziges Kind verloren habe. Ein Engel, der es zum Himmel in seine Obhut brachte, habe es ihr gesagt.

Ab da habe auch sie zu leiden begonnen. Bis zu ihr hinauf habe sie das Weinen von Katharina gehört und ihre Traurigkeit gespürt. Helfen habe sie ihr wollen und Gott darum gebeten. Aber wie könnte sie es?! Bis ihr nun der Gedanke der Wiedergeburt gekommen sei.

Bei Gott, dem Allmächtigen, war doch nichts unmöglich!

In einem kleinen, vom Himmel gesandten Seelchen, wollte sie erneut am Baikal-See zur Welt kommen. Als neues Glück für Katharina!

„Es wird sie wieder froh machen!" sagte Mascha, und ihre sehnsüchtigen Augen strahlten.

Sie habe sich viel Gedanken über ein neues Leben gemacht.
„Im Vergleich zu früher hat sich viel geändert in diesem Land",
meinte sie. „Das Leben ist einfacher geworden. Der allgemeine
Fortschritt ist auch dort zu spüren. Die wirklich arme Zeit ist
vorbei, weil die Kriege vorbei sind. Die Menschen bewegen
sich freier und offener. Die Politik lässt auch die einfachen
Menschen auf ihrem Grund und Boden gewähren, damit sie
leben können. Ich denke, so lässt sich nochmal etwas Neues
beginnen. Es lohnt sich doch immer zu leben!" sagte Mascha.
„Zudem wüßte ich nun, wie ich einiges besser machen würde
im Leben, wo ich doch meine Fehler erkannt habe!" sagte sie
guter Dinge.
Magdalena hörte sie an. Sie sah ihre Entschlossenheit und
spürte ihren Mut. Nur Gott selbst würde sie davon zurück-
halten können, dachte sie. Wenn nicht Mascha, so wußte er,
was er tat, um dieser Seele zu helfen, die machtlos über sich
geworden war, und das Paradies gegen alles auf der Welt
tauschen wollte.
Sie lebte schon nur mehr halbherzig darin; denn die Vorfreude
hatte sich mit dem Gewesenen vermischt. Der Baikal und
Sibirien riefen nach ihr. Und sie war im Strudel der Sehnsucht
gefangen!

Mascha genügte es zu wissen, dass die sibirischen Sommer
immer noch warm und schön waren, um den Schilfpfad zur
Datscha hinauszugehen, reife Tomaten und lange Bohnen zu
pflücken, und die süßen Pfirsiche am Baum. Da, wo es nach
Nelken, Thymian und frischer Minze roch, bei offenem Fenster
zu schlafen und dem Mond zuzuschauen, der still über dem
Baikalsee stand.

Und dann die Winter in rauchfarbigem Grau, in dem die Schneeflocken noch weißer schienen als sie waren, wenn sie mit den Schlittenhunden, oder den Rens davor, in die Taiga hinausfuhren, mit dem Pelz über den Augen und der Freude im Herzen, während zu Hause den ganzen Tag lang die Kochfeuer brannten!

Am Abend dann, würden sie wieder die müden Glieder auf den warmen, großen Maueröfen ausstrecken, und durch die Dachluken die Sterne von ganz Russland zählen!

~

Der Wunsch der Babuschka erfüllte sich in einer Winternacht, eines Morgens ganz in der Früh, als über Russland die Sonne aufging.

Zart und wundersam wie eine Schneeflocke war sie vom Himmel gefallen, als Katharinas ganzes Glück.

*

Indioträume leben weiter

Es dämmerte schon, als Magdalena mit Mariann und Zarah aufbrachen. Zusammen mit den anderen wollten sie sich weit draußen bei Cunimba treffen.

Er lebte mit seiner jungen Tochter Pia abgelegen und still, und immer noch nach den alten Gebräuchen. Ihr großes Tipi, das Wohnzelt, stand auf einem hohen Hügel und sah aus wie die Pyramidenspitze des Berges. Von dort aus blickten sie über ein Land, weit wie die Pampa, und in der Ferne zum Naturpark der Tiere. Schon von weitem leuchteten ihnen in der aufkommenden Dunkelheit die Feuer entgegen, die er auf der Höhe angezündet hatte, um ihnen allen den Weg anzuzeigen.

Magdalena fragte sich, wieso Cunimba anders wohnte als die anderen. Der Farmer Joe, sein alter Freund, erklärte es ihr als sie ankamen: „Manitu, sein großer Gott, gewährte ihm damals diesen Platz, der wohl dem letzten Häuptling des großen Guarani-Volkes zustand, das seit dem sechszehnten Jahrhundert mit seiner Sprache noch neunzehnhundert-neunzig bestand. Cunimba besaß eine starke Naturverbundenheit. Er verstand sogar die Sprache der Tiere!" fügte Joe ehrfurchtsvoll und leise hinzu.

Inzwischen waren alle von ihnen angekommen. Cunimba empfing sie im außergewöhnlichen Gewand eines Häuptlings mehrerer Stämme. Er begrüßte die Freunde mit überkreuzten Armen vor der Brust und einer ehrenhaften tiefen Verbeugung. Mit der liebreizenden Pia an seiner Seite hieß er sie herzlich willkommen.

Die Nacht wurde lang im Feuerschein. Sie saßen im Kreis auf der warmen Erde und lauschten den weisen Worten des Häuptlings.

Im Schein der Feuer führte er sie zurück in die Zeit, in der die Indianer noch ein Volk waren mit reicher Kultur und Spiritualität; und ein Volk, das glaubte, sein Land und die Verantwortung und Bestimmung darüber, seien Gottes Gesetz.

„Es waren gute Zeiten!" erinnerte er sich. „Unsere Kultur blühte, und unsere handwerklichen und musikalischen Talente. Aber wir spürten, dass es sich bald ändern würde. Die Macht des weißen Mannes, die sich uns näherte, war groß. Und seine Lebensart war unverständlich und beängstigend.

Damals zur Stunde der weißen Sonne, die wie ein Magnesiumfeuer auf die weiten Hügel der Sierra herabfiel, haben wir Verantwortliche darüber nachgedacht, wieso man ein Stück Land kaufen oder verkaufen könne, wenn doch keine Menschenseele die Erde besaß, und sie doch Eigentum und eine Leihgabe Gottes war?

Wir fragten uns auch, wem denn die Frische des Wassers, das Wasser selbst, die Flüsse, die durch mehrere Länder mit stetig neuen, nachfließenden Wassern zogen, gehörten?

Gott ließ sie fließen, um den Durst aller Menschen der Erde, und den der Tiere, zu stillen. Wem konnte man sie abkaufen? Und wen sollte man dafür bezahlen? Wer maßte sich an, den Preis zu bestimmen?"

Auch Cunimbas Zuhörer dachten darüber nach, und für einen Moment schien ihnen die natürliche Denkweise des indianischen Volkes begründet.

Sie sahen sich an, als Cunimba sie fragte:

„Wem gehört denn nun der Fluss, der durch verschiedene Länder in ein Meer fließt? Gehört er zum Land der Quelle, oder zu dem, wo er ins Meer mündet?"
Noch bevor sie antworteten, widersprach er:
„Nein! Denn auch die Quelle und das Meer gehören dem Schöpfer der Erde! Somit hat jedes durchflossene Land ein Benutzerrecht, aber kein Besitzrecht!" sagte er.
Sie konnten nicht anders, als ihm im Stillen zuzustimmen.

Cunimba sprach weiter: „Das Land und die Gewässer sind der Menschheit mit der Forderung geliehen, sie rein zu halten für alle, die sie brauchen. Für jede Nation und jede Generation! Denn der Fluss fließt ewig: gestern, heute und morgen! Und des Menschen Zeit ist kurz! Die Wasser jeden Flusses aber tränken Generationen!" gab er zu bedenken.
Robert, der Wissenschaftler, der die Welt nüchtern und genau betrachtete, erwähnte die Ausnahme:
„Bedauerlicherweise fließt er nicht überall auf der Erde bis in Ewigkeit. Sehen wir doch nur auf Afrika, wo manch kleiner, wertvoller Fluss im heißen Sand versiegt! Dort wird er nicht seiner Bestimmung gerecht!" sagte er unverblümt.
Sie bedauerten es alle, einschließlich Cunimba. Der Eine oder Andere unter ihnen fragte sich leise, warum der Schöpfer der Natur es zugelassen hatte, soviele Menschen dieses Kontinents verdursten und verhungern zu lassen, weil aus dieser staubigen Erde nichts mehr wuchs?
„Der Mensch selbst muss sich ihrer annehmen!"urteilte am Ende Mrs. Summerville.
Cunimba erzählte ihnen Weiteres aus seinem Leben. Die Erinnerungen, als die weißen Männer kamen, hatten sich tief

bei ihm eingegraben; denn darüber war die Glanzzeit der Indiovölker damals erloschen.

„Sie wollten alles", sagte er bitter: „das Land und die Tiere, und uns selbst! Sie wußten nicht, dass die Tiere unsere Brüder und Schwestern waren, und eine Seele hatten wie wir. Nicht einmal deren Sprache verstanden sie! Wie wollten sie denn mit ihnen umgehen?

Als damals die ersten Schüsse aus ihren stählernen Tötungsrohren das stille Land erschreckten, wußte ich, dass sie garnicht mit ihnen leben wollten. Sie jagten sie nicht, um ihnen bei ihren Verletzungen und Schwächen zu helfen. Sie jagten sie auch nicht aus Hunger; denn diese Menschen waren immer satt. Nein, sie jagten und erlegten sie sogar aus Spass, oder verfolgten die Herden, um sie aus reiner Gier in großen Mengen in ihren Besitz zu nehmen. Diese wilden friedlichen Tiere der Freiheit! Es bekümmert mich noch heute.

Genauso gingen sie auch mit uns um. Ihre Paulistas, die Sklavenhändler, verkauften uns als Arbeitskräfte für Bergwerke.

Im Ganzen dreihunderttausend! Unglaublich!

Cunimba glaubte, dass die Menschen die Natur heute noch nicht verstünden. „Sie wühlen ein fruchtbares Tal um und fällen die alten, ehrwürdigen Bäume, um sich mehr und mehr Wohnstätten zu bauen, und lange, breite und harte Straßen, durch die kein Regen mehr in den Grund eindringen kann.

Natürlich hat sich ihre Welt über die hohe Bevölkerungsdichte und die notwendigen Anpassungen verändert.

Aber –wir haben es doch im Forum gehört– der Mensch ist in Vielem auch vermessen geworden, und dabei ist aus dem Ruder gelaufen, was gegen die Natur geht.

Menschen nehmen alles in Besitz, wenn man sie lässt. Ihr habt es doch gesehen. Erfolgt dies von Mensch zu Mensch, von Land zu Land, gibt es Krieg. Die Natur aber nimmt die Vergehen an ihr leise hin. Doch nicht auf Dauer! Dann zieht auch sie in einen Krieg gegen die Menschheit. Wir sehen es schon an den verheerenden Folgen.

Es sind zwar schon gute Ansätze da, die Natur der Erde, die sie ernährt, zu erhalten. Die allgemeinen Gedanken, und die Arbeit der Forschung, führen zu manchen Verbesserungen."

Ob aber alles aus uneigennützigen Beweggründen geschah, bezweifelte Cunimba.

„Es gibt noch zu viele, die nicht begreifen lernen, dass die Erde mit ihrem ganzen Lebensraum Gottes Leihgabe an die Menschheit ist. Und dass es seine Forderung ist, sie für alle Generationen lebenswert zu erhalten. Wie schnell vergeht ein Menschenleben! Und eine Generation, in der jeder Verfall aufgefangen, und wenn möglich, verbessert werden sollte.

Die Erde aber besteht ewig! Und mit ihr muss die Natur erhalten bleiben!"

Robert führte einige gute fortschrittliche Maßnahmen an, die mittlerweile gegen die Luftverschmutzung auf der Welt erfolgten.

„Natürlich ist alles über die Explosion der Menschenmassen, die heute zudem auch ein viel längeres Leben haben als früher, nicht mehr so rein und gut, wie damals. Heutzutage muss jeder Quadratmeter Erde genutzt werden. Und nicht nur das Land! Der Himmel wird von unzähligen Flugzeugen durchkreuzt, und die Meere von allzu viel großen Schiffen", beanstandete auch er.

„Es wird überall Raubbau betrieben, auch mit den Meeren. Eines Tages sind sie leergefischt. Und das aus rücksichtslosem und egoistischem Profitdenken der großen Konzerne. Dann bleiben die einfachen armen Fischer und ihre Familie auf dem Trockenen zurück!" sagte er.

„Ja, es ist die Zeit des Egoismus und der Gier", fand auch Monsieur Armagnac. „Man kann es auf allen Gebieten feststellen, wo viel, und leichtes Geld, zu verdienen ist. Die Großen setzen sich über die Bedürfnisse des kleinen, einfachen Menschen hinweg, ob er durch diese skrupellose Geschäftemacherei hungert oder nicht. Die Hauptsache: Die Großen sind satt!"

„Satt?" empörte sich auch Salvatore. „Sie sind übersättigt und fett, dass es den Armen übel werden muss, wenn sie es sehen!" Joe, Cunimbas alter Freund, beruhigte:

„Die Denkenden der Welt, oder sagen wir mal: die Nachdenkenden, werden sich auch in Zukunft dagegen zu wehren versuchen", meinte er. „Mit ihnen zusammen haben die Normalbürger eine starke Lobby gegen diese Machenschaften."

„Ja, es ist immer gut, wenn die unguten Dinge auffällig werden!" sagte Mrs. Summerville. „Damit geschieht schon etwas!"

Robert kam nochmal auf den zugenommenen Verkehr zu Lande, im Wasser und in der Luft zurück. Er versuchte das Allgemeine zu erklären:

„Natürlich ist alles übertrieben. Durch die heutigen hohen Ansprüche auf der Welt, die schnell befriedigt werden müssen, ist es daher umso schwerer geworden, diesen irdischen Betrieb einzuschränken. Es ist ein Kunststück, das zu schaffen!" meinte er.

Sicher hatte er recht! Jeder hatte recht! Auch Cunimba auf seine Art. Es war nicht einfach auf der Welt.

„Es war nie einfach!" sagte Cunimba. „Ob zu armen oder zu reichen Zeiten!"

Er bemühte sich zwar, den Menschen in der neueren Zeit zu verstehen; aber die Denkweise eines alten Indianers wich zu sehr von der heutigen Lebensphilosophie ab.

Die Nacht war still und lang. Sie brachte die Gedanken mit sich, die aus dem Leben herrührten, und niemand konnte sie überhören. Groß und rot stand der Mond am Himmel, und unter ihm flackerten die Feuer.

Schläfrig müde und versonnen blickten sie in die lodernden Flammen. Aber als Cunimbas Gäste blieben sie wach und lauschten weiter seinen ruhigen Erzählungen aus alter Zeit: Es war einmal… Doch über die realen Dinge der Geschichte gab es kein Märchen. Sie waren zu wahr, und Cunimba war ein Zeuge der Zeit, damals, als das qualmende schwarze Eisenpferd der weißen Männer durch die stillen Lande keuchte, und Menschen und Tiere erschreckte; und damals, als für den Bau der langen, eisernen Schienen, auf denen es rollte, fruchtbares Land verwüstet wurde.

Auf einem simplen Stück Papier hatten sie es den weißen Männern verkauft!   Niemand, und auch er nicht, hatten gewußt, was ihr abgegebenes Stammeszeichen auf dem Papier für eine unermessliche Bedeutung haben würde.

„Es war der Anfang vom Ende!" sagte er traurig.

„Unsere Gedanken wurden wirr, als wir später darüber nachdachten, einen Teil unserer Mutter Erde, die uns ernährt hatte, verkauft zu haben, wo wir nichts zu verkaufen hatten, was uns nicht gehörte! Um die Büffelherden, die sie sich nahmen, fragten sie nicht einmal. Unsere Herzen waren weh, wenn wir an sie dachten. Sie waren doch unsere Freunde!

Wir hatten auch das Wasser und den Wind mitverkauft. Es war frevelhaft! In den Nächten hörten wir ihn weinen. Er sang uns kein Lied mehr; er klagte uns an. Und statt des lieblichen Heckenrosenduftes wehte er uns den Gestank der Eisenbahn herüber und färbte unsere Wigwams schwarz. Er strafte uns!" sagte Cunimba.

Sie ließen ihn reden. Ein Mann wie Cunimba blieb bei seinen Erinnerungen. Im Nachhinein bis in die Ewigkeit schmerzte ihn auch noch, um welch schnöden Preis sie alles aufgegeben hatten. Ihre Wohnstätten wurden gegen die von den weißen Männern getauscht:

„Kalte Mauern unter vielen, Haus an Haus, himmelhoch!" erinnerte er sich. Ab da hatten sie nur mehr ein kleines Stück Himmel gesehen. Mehr war ihnen, ihrer Meinung nach, von Gott zur Strafe nicht mehr vergönnt gewesen.

Der Anblick habe in seinen Augen geschmerzt, der Lärm auf den Straßen hätten seine Ohren beleidigt, und die Luft sei für seine Nase ein unzumutbarer Gestank gewesen, erinnerte er sich.

Auch der Wind habe alles nicht mehr verstanden. Schneidend sei er durch die langen Häuserreihen gerast und habe mitgenommen und zerstört, was auf seinem Weg war.

„Dieser Wind trug keine Düfte mehr von Heckenrosen oder Wiesenblumen zu uns, als nur noch stickige Gerüche und die von Menschen. Kein stärkender Kieferduft, oder der von frischen Quellwassern, habe ich dort jemals wieder genossen!"

„Es war so traurig!" sagte Cunimba. Und sie verstanden ihn.

Er zweifelte heute noch daran, dass die Menschen in ihren Massenwohnstätten ihren eigenen Atem noch spürten. Und dass sie überhaupt atmeten!

„Aber die Menschen von heute suchen wieder ein schönes Land und frische Luft", warf Zarah ein. „Sie reisen meilenweit dafür, und sei es auch nur für ein paar Wochen im Jahr, um eine gesunde, erholsame Zeit zu verbringen."

Sie sprach von den Vielen, die in der Natur ihrer griechischen Heimat Entspannung suchten, und frischen Wind und sauberes Wasser.

Cunimba nickte. „Das Land deiner Väter sind ja auch die Inseln des Windes", sagte er. „Und deine Kultur entstand in den Tempeln unvergessener Götter, Zarah! Ich weiß es vom Häuptling der Azteken."

Sie hörten ihm gerne zu. Cunimbas Worte hatten etwas Wahres; denn er hatte eine tiefe Lebensphilosophie.

„Der Wind ist heilig!" fuhr er fort, „und unvergänglich!"

„Er gab unseren Urvätern den ersten Atem, wie er ihn heute noch jedem neugeborenen Kind gibt auf der Welt. Und er empfängt den letzten eines jeden Lebewesens, um ihn zum Himmel zu tragen und seine Pflichterfüllung zu melden!" sagte Cunimba.

Der Wind, der in dieser Sommernacht aus den umliegenden weiten Tälern zu ihnen heraufwehte, war lau und wohlwollend. Er löschte nicht einmal die Feuer.

Fern aus der Mulde des Gebirgssattels stieg eine zarte Morgenröte auf und kündigte den neuen Tag an.

In der ersten Helligkeit wollten sie aufbrechen.

Doch zuvor bekundeten sie wieder ihre Brüder- und Schwesterlichkeit als Kinder einer gemeinsamen Erde.

Cunimba ließ sie nicht gehen, ohne jeden von ihnen in die Arme zu schließen, und den Segen seines Gottes Manitu über sie zu erbitten:

„Wakan-Tanka, Manitu
Du größter meiner Götter
sieh auf uns!
Wir Krieger der Erde
sind heimgekehrt
nackt, ohne Wampum, *
nur mit dem Erdzeichen
auf unseren Seelen.

Breite den Mantel der Winde
über uns aus
und führe uns heim!
Wakonda –ayè ayè
ich schenke Dir mein Gebet
schenke Du uns dein Morgenlicht!
Ayè ayè
Wakan-Tanka, yè!"

*

(Anhaltspunkte aus Ernesto Cardenals „Poesie der Naturvölker"
aus dem Jahre 1987)
Frei zusammengestellt: Ingeborg Christ
*= Leibgürtel aus Muscheln als persönl.Urkunde und Zahlmittel

Flieg, Maya, flieg!

Sie standen noch beisammen, als Maya eintraf. Wie ein kleiner bunter Sonnenvogel kam sie in der Früh angeflattert und brachte frisches Leben in die Stille. Ihren jungen goldbraunen Körper hatte sie vom Kopf bis zu den Füßen mit Blumen geschmückt. Aufgeregt war sie und konnte es kaum erwarten, ihrer Freundin Pia die frohe Nachricht mitzuteilen.

„Ich mache eine Reise", rief sie ihr zu, „eine ganz große Reise! Und so weit!"

„Was für eine Reise? Nun komm, sag schon!" drängte Pia.

„In das Land, in dem ich geboren bin. Ich kenne es nicht. Eine alte Frau aus meinem Volk hat mir verraten wo es ist, und mir viele schöne Dinge erzählt, an die ich mich nicht mehr erinnere. Aber nun werde ich erleben, was Heimat ist!", juchzte sie.

Doch ihre Freude machte Pia traurig. „Ich werde in Sorge um dich sein, kleine Maya. Was ist, wenn du den weiten Weg nicht findest? Dein Land ist klein und liegt versteckt zwischen den größeren. Du könntest es leicht verfehlen!" sorgte sich Pia.

„Nein, nein! Ich werde es finden!" lachte sie unbekümmert. „Es ist die Insel der blauen Perlen. Ich werde dir die schönsten davon mitbringen, viele schöne blaue, liebste Pia. So blau wie der Himmel und das Meer!" schwärmte sie und tänzelte unruhig umher, als habe sie es schon eilig.

Und das hatte sie! Während Pia und die anderen überrascht dastanden, hob Maya ihre ausgebreiteten Arme und schwang sie auf und ab, als wären sie Flügel. Unruhig hüpfte sie und lief hin und her wie ein startbereiter Zugvogel, der auf den richtigen Aufwind wartete.

Niemand von allen, außer Maya, wußte, was er davon halten sollte. Ihr aber war es ernst.

„Ach Maya, lass das! Du träumst!" sagte Pia, um sie von dem Wunschgedanken abzubringen.

„Aber die Perlen! Denk an die Perlen, die ich dir mitbringe!"

Doch Pia schüttelte den Kopf. „Die Perlen habe ich schon vergessen, Maya. Deine Seele ist es, die ich liebe!"

Sie sah ihr traurig in die Augen und umarmte sie.

Maya war nicht festzuhalten. In ihr war Freude, nur mehr Freude: Über die Perlenfischer im Silbermeer, die sie sehen werde, die weißen Reiher auf dem Strand, die friedlichen Menschen in den strohgedeckten Hütten im Schatten der Palmen; und über die Männer, die sangen, wenn sie im Kanu auf dem Para-Fluss heimwärts fuhren. Sie dachte an die Frauen in langen bunten Gewändern, die singend um ein neugeborenes Kind tanzten: um Maya!

Vater Cunimba schaltete sich ein.

„Ach, lass ihr die Freude, Pia, und teile sie! Ihr fehlt die Heimat; sie hat zu wenig davon mitgenommen. Es wird ihr sonst fehlen in Ewigkeit!"

Und zu Maya gewandt, sagte er:

„Du wirst zwar das Land der blauen Perlen wiederfinden, Maya, aber vielleicht nicht mehr den gleichen Frieden der Perlenfischer und die singenden Kanufahrer. Das Rad der Zeit dreht sich schnell, weißt du. Seit du hier bist, und das mögen zweimal soviel Menschenjahre sein wie du Finger hast, hat sich die Welt verändert!", gab er ihr zu bedenken.

„Aber flieg nur, schönes reines Wesen! Flieg in einen neuen kleinen goldbraunen Körper, der allen Freude machen wird!

Flieg in ein friedliches Leben, kleine Maya!"
Er sah empor, als er die Arme über sie hob und Gottes Segen für sie herabflehte:
„Mögen dich die Tränen des Mondes, der manchmal über das Schicksal der Kinder weint, nicht berühren! Mögest du einmal tanzen im Sternenlicht und glücklich sein!
Manitu, guter Gott, geleite sie!"
Dann wurde es still, seltsam still, bis die ersten Böen kamen. Sie umkreisten die Menschen und ließen die Feuer noch einmal hochflackern.
„Schau zur Seite, Pia!" klang Mayas leises Stimmchen aus dem heftigen Wind. „Und denk an die Perlen! Die blauen, ...auen....auen...", hallte es noch aus der Ferne, in die sie wie ein unsichtbares Etwas eingetaucht war.

Sie standen da und sahen ihr nach, um noch irgendetwas von ihrer Gestalt zu entdecken; aber sie war weg, aufgelöst und durchsichtig wie der Wind, als habe es sie nicht gegeben.
Mrs. Summerville winkte ihr bewegt mit ihrem weißen Schultertuch hinterher: „Fare well, Angel!"
Robert sah die Reise in seiner nüchternen Art:
„Hoffentlich verirrt sie sich nicht in den Sphären einer anderen Galaxis! Einen so feinen kleinen Engel würde ich ihnen nicht gönnen!"
„Ach, lass sie nur: die kleine Augenweide für die Menschheit!" meinte Monsieur Armagnac. „Es muß ja auch kleine süße Engel auf der Welt geben!"
„Carina mia ... bella poesia, komm zurück!" sang Salvatore gerührt aus seinem sensiblen Herzen.
Pia aber stand abseits und weinte.

Maya entdeckte ihre kleine Insel, und lag sie noch so versteckt unter den Palmen.

Der Wind trug ihr die monotonen Lieder der Kanufahrer zu, die sie auf dem Para-Fluss sangen, als sie heimwärts fuhren.

„Fahrt zu, beeilt euch!" rief sie ihnen zu:

„Fahrt zu, fahrt schnell!
Bauet das Zelt
und pflöcket die Pfähle,
ja ma la, ja ma la!

Legt weiche Felle aus
schmückt euch mit Perlen
o la la, o la la!
Bald bin ich bei euch!

Ich komme weither
von Himmel und Sternen
bei der goldenen Sonne!
Ja ma la, ja ma la

Bring ein Stück Himmel
als Geschenk
auf die Erde!
O la la, ja ma la mé!

*

Sprachweise aus Ernesto Cardenals „Poesie der Naturvölker"/1987
Als Gedicht zusammengefasst: Ingeborg Christ

Paradies-Geplänkel

An einem schönen Tag im Paradiesgarten begegnete Magdalena Monsieur Armagnac.
„Salue, fleur d'Allemagne!"-„Grüß dich, Blume aus Deutschland"- rief er ihr entgegen. „Ich freue mich, dich zu sehen, Magdalena!"
Nun, da sie sich trafen, gingen sie zusammen.
Sie genossen die Wärme des Tages und die Schönheit der Landschaft. Monsieur kannte sich darin aus. Und da beide gute Pflanzenkenner waren, gab es viel zu sehen und zu bereden.

Alles blühte und gedieh; es war eine Augenweide.
Vieles darunter war von seltener Schönheit. Die bunten Wiesenblumen leuchteten in ihrem Miteinander. Wie große farbige Teppiche, mal in blau-bleu-weiß, dann in flieder-rosè, oder in rot-gelb, lagen sie ausgebreitet da.
„Eine wunderbare Harmonie! Selbst das unscheinbarste Kraut steht wie eine kleine Schönheit dazwischen!", schwärmte er.
Sie begutachteten den Blütenstand der Dolden und unterschieden die Heilkräuter von den anderen. Ihre Aromen mischten sich in der duftgeschwängerten Luft. Die bunte Vielfalt erinnerte sie an früher. Magdalena dachte an die Südtiroler Almen, und Monsieur an die Kinderjahre in der Normandie. Es waren teils schöne, teils schwermütige Erinnerungen, in denen Kanonenschüsse während der Feldarbeit immer noch durch die Gedanken knallten.
„Hier mit so einem Kraut hat mich meine Großmutter einmal beinahe vergiftet, obwohl sie Profi war auf dem Gebiet", lachte Monsieur Armagnac.

„Sie hatte ihre Brille beim Sammeln vergessen. Es hat sie ganz unglücklich gemacht, die Mémère!"

„Oh ja, das kann leicht passieren. Diese Maiglöckchenblätter sind auch verwechselbar mit dem Bärlauch", wußte Magdalena. „Aber du hast es wohl überlebt!"

„Ja, nachdem ich ein paar Tage auf einem gewissen Örtchen verbracht habe, mehr tot als lebendig", amüsierte er sich im Nachhinein.

Viele kleine Wege und Pfade führten durch die Natur, vorbei an plätschernden Gewässern, an kleinen, ruhigen Seen und Teichen, auf dessen großem Blattwerk am Rande die Frösche quakten. Durch die gebrochenen Lichtstrahlen darin, zog eine größere Buntbarsch-Familie durch das Wasser, gefolgt von blau-goldenen Regenbogen-Fischen. Sie hielten einen respektvollen Abstand; denn mit den Eltern der Jungbarsche war nicht zu spassen. Ein handtellergroßer, schwarz-marmorierter Skalar lauerte zwischen dichten Halmen.

„Ob er sie wohl fressen würde?" fragte M. Armagnac.

„Er hätte keine Chance", erklärte ihm Magdalena. „Ihr Vater verteidigt sie bis aufs Blut, wogegen sich die Kleinen blitzschnell ins Maul der Mutter retten, bis sie sie nach überstandener Gefahr wieder ausspuckt.

Und zudem, Monsieur: Wer wird denn wen fressen im Paradies? Der Himmel ist schön und unschuldig!"

„Ja, ja!" nickte er lachend. „Aber denk an die Fliegen, von denen Nikolaj Nikolajewitsch sagte: „...sie stechen in aller Unschuld."

Er hatte es gerade gesagt, als der Skalar zuschlug. Es traf einen der letzten Bummler, der den Anschluss verpasst hatte.

Im glockenreinen Gesang eines Buschrohrsängers aus dem Maulbeerstrauch am Ufer, gingen sie von dannen, redend über die Fische, die Vögel, und die Schönheit dieser Natur, die in Vielem an das Paradies der Erde erinnerte.

Ebenfalls unterwegs war Hassan, begleitet von seinem kleinen Sohn Sid. Sie begegneten sich auf der schmalen Holzbrücke über dem Teich.
Hassan und M. Armagnac kannten sich bereits aus ihren Begegnungen in der Natur. Und so gingen sie ein Stück ihres Weges zusammen.
Hassan, der Afrikaner, hatte ein hungriges, ausgetrocknetes Land am Rande der Sahara verlassen. Für ihn war es eine besondere Freude, das frische Grün der Landschaft zu sehen. Er sog praktisch die Frische des Wassers ein, an die er sich in seiner Heimat nicht erinnern konnte. Jede Blume und jeden neuen grünen Trieb zeigte er seinem Sohn, damit auch er Freude empfinden sollte. Magdalena fand es richtig rührend.
Hassan stammte aus einer Berberfamilie der Tuareks.
Von Kind an war er das Leben in der Wüste gewöhnt: an den heißen, wie den kalten Wind, an die Blüten der kargen Disteln, an den muffigen Geruch der Kamele und den strengen der wilden Ziegen, und an die Unendlichkeit der Sanddünen. Als Kind hatte er geglaubt, die ganze Erde bestehe nur aus Sand.
„Aber heute ist alles anders!" sagte Hassan. „Allah sei Dank, dass er uns hergeführt hat: An die Quellen mit Bäumen und Früchten, an die Schattenplätze, in der man die Seligkeit genießen kann! Er hat es uns in der 13., 43. und in der 98. Sure des Korans verheißen." Hassan wußte es genau.

An seiner Güte habe er nie gezweifelt. Schließlich habe er sie schon auf Erden zu den Weidegründen der Tiere geführt. Auch wenn sie noch so karg, und nur von Disteln bewachsen waren, hatten sie den Ziegen genügt. Doch am Schluss sei alles ausgetrocknet gewesen, vom Wüstenland bis zu den krustigen Savannen. Die Kadaver ihrer Tiere hätten sie dort zurücklassen müssen. Das Letzte, das sie gefressen hätten, sei Pappkarton gewesen, den der Wüstenwind umher getrieben habe, hatte Hassan berichtet.

„Nur die Sonne ist heißer als dieses Land!" sagte er und fand, dass die Erinnerungen daran schlimmer seien als damals der Hunger. Den habe er nicht mehr gespürt.

„Gott ist gnädig!" sagte er dankbar, und war der Meinung, dass Allah keinem Menschen mehr Last auferlege, als er zu tragen vermochte. Nein, an Hassans Gottvertrauen war nicht zu rütteln! „Insch-Allah, Insch-Allah!" betete er noch heute.

Sie verabschiedeten sich und ließen Hassan und seinen kleinen Sohn in ihrer Seligkeit weitergehen. Sie war gewiss um Einiges größer als die ihre, die sie nicht am Hunger gestorben waren. Hassans Freude konnten sie nicht in diesem Maße nachempfinden. Es kamen ihnen fast undankbar vor.

„Ja, das Paradies hat einen unterschiedlichen Wert!" meinte Monsieur Armagnac ernst. Auch Magdalena dachte so.

Zu den Affenbrot-Bäumen wollten die beiden gehen, hatte ihnen der kleine Sid beim Winken nachgerufen. Aus seinen großen dunklen Augen hatte noch der Hunger gesprochen. Und auch Hassans Lachen blieb wohl in Ewigkeit mager zwischen den Falten.

Sie erinnerten sich auch an die Ermahnungen Gandhis, als er auf die Hilfestellung besser bestellter Länder hoffte, den Menschen eines armen Landes auf verständliche, überzeugende Weise beizustehen, damit sie lernten, ihr Leben zu verbessern.

„Eine hingereichte Schale mit essfertigem Hirsebrei ist zwar eine Geste der Barmherzigkeit, aber es ernährt sie nur für einen Tag, und lässt sie morgen wieder auf die nächste Schale warten", hatte er gesagt.

Lächelte nicht auch Buddha vielversprechend auf sie herab? Aber er soll gesagt haben:

„Vertrauen ist kein Hindernis zur Arbeit!" Und auch:

„Wenn ihr den Reis pflanzen geht, werde ich schon im Samenkorn sein!"

Er sagte auch:

„Wenn ihr auf die Felder geht, zu arbeiten und zu ernten, fülle ich euch eure Schalen!"

Wie hatte Gandhi noch gesagt:

„Die Dinge brauchen Zeit!"

Ja, sie würden Zeit brauchen, bis kein Mensch auf der Erde mehr hungern muss. Sicher hatte auch Hassan auf eine Änderung seiner armen Verhältnisse gehofft.

„In der Not verzehnfacht sich die Hoffnung!" sagte M. Armagnac; „bei Menschen wie Hassan, wie bei einem gottergebenen, am Hunger leidenden Hindu!"

Sie hatten sich auf die Bank am Teich gesetzt und schwiegen. Nach kurzem Überlegen wunderte sich Magdalena plötzlich über die Menschenseelen aus aller Welt, die der Himmel aufnahm: Menschen aller Kontinente, von Nord bis Süd und von Ost bis West. Abels Land hatte einen großen Schoß. Und alle Götter erfüllten ihre Verheißungen.

Um die Stimmung aufzuheitern fielen Monsieur im Weitergehen wieder einige seiner typischen Geschichten ein. Diesmal war es die von der himmlichen Speisung im kleinen Restaurant „Chez les deux anges"-Bei den zwei Engeln- in Marsaille.

„Es war zu den Glanzzeiten meiner Laster!", sagte er teils amüsiert und beschämt. „Nun, es ist lange her, weißt du. Und ihnen folgten noch viele gute Jahre, in denen ich mir den Himmel verdienen konnte."

Er erinnerte sich zumindest noch gerne an das Restaurant in Marsaille.

„Es war ein ungewöhnliches Speiselokal; denn es ging dort sehr christlich zu", sagte er und schmunzelte.

„Das Restaurant befand sich nämlich in einem alten Klostergebäude, dessen Renovierung von der Kirche mit der Auflage zu einer Armenspeisung, und der vom moralischen Weg Abgekommenen, subventioniert worden war. Die Letzteren sollten indirekt auf den Pfad der Tugend zurückgeführt werden.

Den christlichen Betreibern war jedoch nicht bekannt, dass die hübschen jungen Frauen, die die Speisen servierten, ursprünglich aus einem anderen Milieu kamen. Oder man wusste es doch und wollte auch sie bekehren?" fragte er sich im Nachhinein.

„Für uns als Gäste war es das Wichtigste, dass das Essen par excellence war, und es sich für jeden lohnte, hinzugehen", schwärmte er. „Alles andere nahmen wir mit in Kauf."

„Und wohl oder übel sicher auch die fragwürdigen schönen Kellnerinnen", meinte Magdalena mit einem ironischen Lächeln; und er nickte.

154

Sie sah ihn von der Seite an und hatte keine Zweifel, dass Monsieur ein Genießer aller guten Dinge des Lebens gewesen war.

„Alors", fuhr er lachend fort, um das seltsame Geschehen zu erklären; „weißt du, die Bekehrung währenddessen erfolgte über ein gewisses Zeremoniell. Und das ging so:
Das Essen wurde vor den Hungrigen auf einem langen Altar zubereitet und angerichtet. Zwischenzeitlich wurden die Gäste von einem Zugehörigen des Klosterordens vom Predigerstuhl aus begrüßt und willkommen geheißen.
Er nannte uns „mes fidèles" – meine Gläubigen. Dann wurden von oben herab die Tischgebete gesprochen, die weniger andächtig waren, da die hübschen Kellnerinnen die Kerzen auf unseren Tischen anzündeten, und den Wein einschenkten. Der Maitre auf dem Predigerstuhl bekam mit liebreizendem Lächeln auch ein Glas.
Im Sommer gab es Salate vor dem Essen, und im Winter eine warme Suppe. Doch bevor man zu dem Delikateren überging, und zum etwas besseren Wein, wurde Gott erst einmal ausgiebig gelobt. Dazu schwenkte der Koch die Filets in der Pfanne, damit sich die Essenslust bei uns steigere.
Zum Abschluss servierten die Kellnerinnen mit einem Augenzwinkern die süße Nachspeise. Danach reichten sie an einer langen goldenen Stange einen Kirchenbeutel herum, mit der stillschweigenden Bitte um eine Spende. Am Ende sangen wir gemeinsam aus unseren Weinkehlen den Dank an den Herrn, angestimmt vom Chor der Kellnerinnen und dem Koch.
„Avez-vous bièn diné?" – Haben Sie gut gespeist? , fragte der Maitre von oben herab, auch um unser leibliches Wohl besorgt.

Und wir:

„Mais oui, Monsieur. Merci beaucoup! – Aber ja, vielen Dank! Nous-avons assèz! – Wir haben genug! Auf dass auch er zufrieden war.

Danach schwankten wir hinaus. Und jeder war zufrieden auf seine Weise, sich selbst und der Kirche einen guten Dienst erwiesen zu haben.

Er lächelte immer noch genüsslich; und es mochte fast so aussehen, als gelüste es ihn heute noch nach Filets und Bordeaulac. Als Franzose blieb er sich treu!

„Weißt du, es ist wie bei einem alten Russen", sagte er lachend. „Er vergisst den Wodka nicht. Und bei einem Kubaner ist auch der Traum von einem guten kubanischem Rum nie ausgeträumt!"

Sie lachten zwar darüber; aber Magdalena schien, als trage er diese Erinnerungen noch wie ein kleines Schuldenbündel mit sich herum. Und so redeten sie darüber.

„Ja, weißt du, Magdalena: Die Alkohol- und Vergnügungssucht hat einen guten Teil meines Lebens bestimmt", gestand er. „Es ist eine Krankheit! Damit erhält sie ein Anrecht auf Mitleid und Freispruch. Schließlich ist sie doch keine Vorsätzlichkeit, kein bedachtes Handeln!" Schnell sprach er sich Milde zu.

Magdalena aber teilte seine Meinung nicht:

„Das ist ein simpler Standpunkt", sagte sie. „Am Ende stimmt er, aber nicht am Anfang! Sehen Sie, sie wird doch geboren aus einem normalen Geist mit freiem Willen zur Entscheidung. Ein Verstand, der weiß, dass selbst die anfängliche Gewohnheit schon der Beginn der Abhängigkeit sein kann.

Jeder halbwegs erwachsene Mensch wird einmal gewarnt,

- und sei es gar aus ihm selbst! – wie schnell und leise er sich in eine Sucht hinein verlieren kann."

Er nickte; es war ihm klar.

„Die Anfänge jeder Sucht scheinen harmlos", fuhr sie fort. „In ihnen liegt etwas Verlockendes, Gönnerhaftes, dem mancher Mensch ins Netz geht, und danach darin zappelt."

„Ja, leider ist es so!" gab er zu. „Diese Krankheit beginnt schon dann, wenn man Gefallen daran findet und es nicht mehr lassen kann, obschon man doch zwischenzeitlich entscheidungsfähig wäre."

Eine Weile gingen sie schweigend nebeneinander und hörten den Vögeln zu, die in den Bäumen zwitscherten. Magdalena fand es schade, sich im schönen Paradiesgarten noch mit diesem Problemthema zu beschäftigen. Aber Monsieur kam darauf zurück:

„Ich habe mich schon oft gefragt, worin dabei die Ursprünge lagen. Wurden sie aus meiner inneren Einsamkeit geboren, um mir Ersatzfreuden zu schaffen? Traf es bei mir den Willensschwachen, der sich zu wenig Disziplin abverlangte? Schließlich war ich ohne jegliches Lob und Anerkennung groß geworden, als nur mit Kritik und Tadel, was mich nicht gerade gestärkt hat! Hatte es den Egozentriker getroffen, der sich alles gönnen wollte? Oder war ich ein Zufallsopfer meiner Gene?"

Es schien, als habe er sich, außer seiner Zeit im Niemandsland, sehr mit seiner überstandenen Krankheit auseinander gesetzt.

„Der zugedachte Name als Monsieur Armagnac hat wohl etwas Wahres an sich, aber er gefällt mir nicht", verriet er Magdalena. So nannte sie ihn Francois.

Im Weitergehen war er der Meinung, dass der Mensch doch nicht ins Leben geboren werde, um sich an Dinge zu verlieren, die ihn und sein Umfeld zerstörten.

„Jedes normale Menschenleben muss mit dem eigenen Verstand gelebt werden, anstatt von einer unsichtbaren Macht regiert zu werden", sagte er.

„Oh, er ist ein trügerischer Freund, sage ich dir! Er weiß zu trösten und Mut zu machen. Und er vermag Freude und Leid, und auch Lust und Zorn, überschwänglich zu empfinden. Er ist wie ein Fluss, der alles wegschwemmen, und gefährlich über die Ufer des Lebenslandes treten kann!" erinnerte er sich enttäuscht.

Magdalena ließ ihn reden; denn das Problem seines Lebens gab noch keine Ruhe in ihm. Er hatte schon so Vieles verstanden, aber noch nicht ganz bewältigt. Nicht nur, dass er damals sein eigenes Leben in wertloser Inhaltslosigkeit verbracht, und die besten Jahre darüber verschenkt hatte, machte ihn traurig, sondern auch das, was er denen, die er eigentlich liebte, damit angetan hatte. Immer wieder schüttelte er seinen Kopf und wurde noch ernster.

„Es hat mich blind gemacht, weißt du. Auch manchmal blind allem Schönen und Wertvolleren gegenüber, was meinem Leben einen angemesseneren und würdevolleren Sinn gegeben hätte. Es ist so traurig!

Meine Augen, und meine sonst so wachen Sinne, bemerkten einfach nicht, was ich denen antat, die immer wieder mit dem Auf und Ab der Normalität, mit ihrer Enttäuschung und Hoffnung auf Änderung, fertig werden mussten. Das empfinde ich heute als großes Vergehen an der Liebe jener Menschen, und dem Vertrauen, das sie in mich hatten."

Sie waren schon weit gegangen, als sie den Heimweg bedachten. Die Wege im Paradies waren endlos. Endlos wie ihr jetziges Leben! Aber schön!

Auf dem Rückweg wollten sie das Thema abschließen. Magdalena versuchte zu verstehen und zu trösten.

„C'est la vie – das Leben ist es, Francois! Den einen gibt es genug Stabilität mit, und den anderen weniger. Diese anderen sind es dann, die starke Menschen an ihrer Seite brauchen, Menschen, die den Widrigkeiten standhalten und guten Gemütes sind, die dulden und verzeihen können, auch wenn sie oft nicht verstehen."

„Es müssen Lebenskünstler sein", meinte er achtungsvoll.

„Schon allein bei den Schwankungen zusammenzuhalten, was sonst zerbrechen würde, ist ein Kraftakt!" fand er.

Doch heiter und schön, wie der Tag begonnen hatte, ging er langsam zu Ende. Francois fiel abschließend noch eine Geschichte ein: die vom Schrankenwärter aus Marseille.

„Er ist auch hier angekommen", sagte er.

„Ich begegne ihm manchmal. Dann stellt er sich mir in den Weg, breitet seine Arme aus und läßt mich partout nicht passieren. Es hat einige Zeit gebraucht, bis ich sein Verhalten begriff. In seinem etwas gestörten Geist läßt er als ehemaliger Schrankenwärter einfach die Schranken fallen, so wie damals am Gare de Chamisseau; verstehst du?

Mittlerweile mache ich dieses Idiotenspiel mit, schon allein, um den armen Mann nicht in seiner Pflichterfüllung zu stören.

Die Schranken, stell dir vor, bedient er eben immer noch per Hand!" lachte er.

„Das Ganze spielt sich erst zwischen uns ab, seit er weiß, dass ich auch aus Marseille komme. Hätte ich es ihm bloß nicht gesagt! Wir kannten uns doch nicht.

Entweder gibt ihm nun sein pflichtbewusstes Hirn Signal: Halt! Da kommt der aus Marseille! Und nach Marseille geht nichts, wenn der Zug kommt! Oder aber er hat dort einen speziellen Freund gehabt, mit dem er mich nun in alle Ewigkeit verwechselt.

Aber was soll's! Wahrscheinlich war er in seinem Leben auch nur dazu fähig gewesen, einen einzigen Hebel auf und ab zu bedienen", lächelte er.

„Aber das zur rechten Zeit!" hielten sie ihm zugute. Auf jeden Fall hatte die Verantwortung schwer auf ihm gelastet, sonst wäre er daraus entlassen.

„Der Arme!" meinte Magdalena. „Seine getreue Pflichterfüllung, und vielleicht ein ebensolcher Lebensstil, haben ihm doch einen Platz im Jenseits geschaffen. Die Nachwehen seines Lebens werden sicher eines Tages aufhören".

Sie trennten sich, wie der Tag war: teils heiter, teils ernst. Lachend wunderte sich Francois immer noch darüber, dass er nach den Irrwegen des Lebens nun doch im Paradies gelandet war.

„Aber einen Heiligenschein habe ich nicht! Der gebührt anderen. Ich bin jemand in der letzten Kategorie, der gerade soeben auch die letzten Stufen der Himmelsleiter geschafft hat, um aus dem Schlamassel da unten herauszukommen", lachte er.

„A pro pos Heiligenscheine: Die verteilt man sich doch nur auf der Erde!" entgegnete Magdalena. „Wir brauchen sie nicht, Francois! Uns genügt was wir haben!"

Darüber fiel ihnen ein Zitat von Goethe ein:

„Du bist am Ende, was du bist!
Setz dir Perücken auf mit Millionen Locken
setz deinen Fuß auf ellenhohe Socken:
du bleibst doch immer, was du bist!"

Und da sie heute noch keine Idealfiguren waren – und es diese wohl auch nicht gab?! –, kamen sie sich vor wie die Fliegen, von denen Nikolaj Nikolajewitsch gesagt hatte: „...sie stechen in aller Unschuld."
So dachten sie sich:
Wir kleinen Sünder der Erde
ob mit oder ohne Heiligenschein
aus selbstgeflochtenem Lorbeer
der irgendwann welkt ...

Wir sollten im Leben
rechtzeitig **wir** sein
und dazu stehen
wie wir sind, ob so oder so,

und nicht die anderen
und auch uns selbst
glauben lassen
dass die Sackgassen des Lebens
Durchgangsstraßen zum Himmel sind!

*

Im Land der Tiere

Sie trafen sich in der Frühe des Tages am Platz des Großen Bären: Elena, die Tierforscherin, Magdalena und Tantem, um zum Land der Tiere zu gehen. Elena hatte versprochen, sie dorthin mitzunehmen. Sie waren schon fast am Platz des Albatros, als Eliza hinter ihnen hergeeilt kam und bat, mitkommen zu können.

Der Weg war weit. Auf sandigen Wegen und versteckten Pfaden führte er hinaus aus dem Menschenseelenreich.

„Gott hat ihnen ein eigenes Paradies geschaffen, denn alle, außer den Haustieren, scheuen den Menschen. Sie sehen in ihm ein starkes, egoistisches Wesen, das imstande ist, zu töten", sagte Elena.

„Die Tierseele ist dagegen sozial", fand sie. „Der Mensch hat keinen Grund, auf ein Tier herabzuschauen. Sie führen ihr eigenes Leben und brauchen uns nicht. Sie haben Gewohnheiten und ihre Sprache, mit der sie sich untereinander verständigen. Und sie haben eine Gesellschaftsordnung, in der jedes seinen entsprechenden Rang einnimmt. Das Erfahrenste, das Alphatier, bestimmt den gemeinsamen Ablauf in einer Gruppe. Bei manchen Rassen ist es ein männliches, starkes Tier, und bei anderen ein weibliches, ein Muttertier mit dem besten Instinkt", erzählte Elena unterwegs.

Sie wußten, dass es zum Beispiel bei den Affen, den Löwen und Elefanten so war. Eliza hatte es schon zu Lebzeiten gesehen, wenn die Elefantenherden ihres Wegs waren.

„Sie gingen immer den gleichen Weg. Immer auf demselben,

mit der Leitkuh voran, egal, was ihnen im Weg war! Einmal gingen sie direkt durch die Vorhalle eines Hotels. Vorne hinein und hinten heraus!" lachte Eliza.

Tantem erinnerte sich an die Wildpferde in seinem Land, und die großen Rinderherden. Und Affen hatte es auch im Regenwald gegeben, im Südosten des Landes. Sie seien bei den Einheimischen sehr unbeliebt gewesen.

„In großen Horden drangen sie in die kleinen Siedlungen der Menschen ein. Sie waren respektlos und kannten keine Gnade!" erzählte er.

„In den Plantagen rupften sie die Maiskolben und verwüsteten die Felder, und in den Gärten stahlen sie die Bananen von den Bäumen. Sie hatten ihre Aufgaben genau aufgeteilt; es gab die Aufpasser und die Räuber, und einen strengen Boss, der den auf der Stelle bestrafte, der aus dem Rahmen fiel.

Ähnlich ging es auch bei den Wölfen zu, die auf den Bergweiden manchmal eine Herde Schafe und Ziegen überfielen. In diesen Rudeln bekam auch der Chef zuerst seine Mahlzeit, während die Untergeordneten warten mussten."

„Ja, das ist so", bestätigte ihn Elena. „Es geht genau nach Rang. Der Boss kennt seine Rechte und Pflichten."

Der Pfad, den sie gingen, war wohl kaum begangen. Man sah es an den Gräsern und Büschen, die ihn fast überwucherten.

„Wir sind Eindringlinge", sagte Magdalena. „Stören wir ihre Ruhe nicht? Sie haben doch nicht umsonst ihr eigenes Paradies bekommen, zu dem es keinen offiziellen Zugang gibt".

„Nein, wir müssen sie nicht stören. Wenn wir uns dezent am Rande verhalten und auf unserem Pfad ihre Gebiete umgehen, bringen wir sie nicht aus ihren Gewohnheiten." Elena mußte es wissen; sie war den Pfad schon oft gegangen.

„Zudem wissen sie längst, dass es in ihrem Reich keine Menschen gibt, und dass die wenigen, die hierher kommen, diejenigen sind, die sie lieben und verstehen. Tiere in dieser wilden Natur haben den guten Instinkt für alle Gefahren, den viele auf der Welt über den alltäglichen Umgang mit dem Menschen verloren haben.

Ein Tier gut zu versorgen wandelte sich dort oft in eine allzu gute Fürsorge, die ihm Instinkt und Wachsamkeit zerstörte. Der natürliche Abstand zum fremden Menschen war nicht mehr da. Im Gegenteil: es ging hin und begrüßte ihn freundlich bis unterwürfig".

„Man sah es ja deutlich bei den Haustieren. Sie verließen sich mit ihrer Existenz auf den Menschen", erinnerte sich auch Magdalena. „Das Futter kam pünktlich und zuverlässig, und die Hand, die fütterte, war ihnen lieb und vertraut."

„Ja, genau!" sagte Elena. „Sogar der größte, stärkste Hengst, der in seiner Herde durchaus das Sagen hatte, war auf diesen einen Menschen programmiert und folgte ihm", lachte sie.

„Das ist so eine Sache mit dem Füttern", fand Magdalena. „Damit lässt sich Vieles zähmen, was sonst frei ist. Ich denke: es ist nicht immer gut! Man sollte der Natur ihren freien Lauf lassen. Wie du schon sagtest: man macht die Tiere abhängig, indem man ihnen gut sein will.

Dabei habe ich es selbst so gemacht", erinnerte sie sich, und dachte an die junge Dole, die sie einen Winter lang durchgefüttert hatte, weil sie den anderen - warum auch immer - nicht folgte.

Selbst die wilden Spatzen, die Krähen und Amseln hatten es allzu gerne zugelassen, wenn sich der Mensch um sie kümmerte. Wie fürsorglich hatte Leonard sie immer über den Winter gefüttert. Zum Dank hatte eine der Amseln ihm das ganze Jahr über auf dem Dachfirst ein Abendlied gesungen.

Auch daran dachte sie, als sie in den Wintern über einen Pfad von ihrem Haus am Waldrand aus, dem Wild die grünen Blätter ihrer Küchenabfälle, rote Rübchen, Brotkrusten und manchen Apfel gebracht hatte.

„Die scheuen Rehe haben pünktlich darauf gewartet", sagte sie. „Natürlich standen sie mit gewissem Abstand hinter dem Unterholz in den Latschen; aber in der Dämmerung sah ich ihre Augen leuchten. Was sie übrig ließen, pickten die Vögel auf, und in der Dunkelheit kam der Fuchs, um nach den Resten zu sehen."

Magdalena erzählte auch von dem jungen Rehkitz, das Leonard einmal aufgezogen hatte. Beim Heuen der Almwiese hatte er es gefunden. Er hatte es vorsichtshalber nicht berührt, damit die Mutter es nicht verschmähte, und war über Nacht in der Almhütte geblieben. Bis zum Abend hatte er es beobachtet, doch von der Mutter keine Spur! Nur die Füchse waren umher gekreist, und in der Luft ein Adlerpaar.

Wie hatten sich die Kinder gefreut, als der Vater mit dem kleinen Kitz in der hochgebundenen Schürze nach Hause gekommen war! Ab da war es von ihnen allen umsorgt worden.

„Das war doch gut so," sagte Elena. „Die Nacht wäre sein Tod gewesen! Habt ihr es wieder auswildern können?" fragte sie.

„Ja, später, als es schon fast einjährig war. Aber es ist ihm schwer gefallen", erinnerte sich Magdalena. „Es kam noch oft zurück. Tagelang, und immer wieder, war Leonard mit ihm in den Wäldern unterwegs, um es an die Wildnis zu gewöhnen. Doch auf dem Heimweg holte es ihn immer wieder ein. Erst als an einem Abend ein paar Rehe am Waldrand ästen, lief es hin und zog mit ihnen fort. „

Magdalena lachte. „Aber am Ende waren wir es, die nicht ohne unser Bambi leben mochten. Abend für Abend zu Beginn der Dämmerung warteten wir darauf, dass es am Waldrand erscheinen würde. Sogar unser Hund saß um diese Zeit vorm Haus und schnupperte gegen den Wald."

„Eine schöne Geschichte!" sagte Tantem gerührt. Und Elena fand, dass der gute und intensive Umgang mit einem Tier durchaus etwas Positives habe, für Mensch und Tier:

„Besonders die Kinder haben viel in der Zeit gelernt, nicht nur über das Verhalten des heranwachsenden Tieres, sondern auch, was es bedeutete, Verantwortung für ein hilfloses Wesen aufzubringen", urteilte sie.

Darin waren sie sich einig.

„Leben denn nicht alle Tiere hier?" wollte Magdalena wissen. Vor kurzem habe sie ein kleines Mädchen mit ihrem Kätzchen spielen sehen; und ein anderes Mal sei ihr ein Junge mit einem Hund begegnet, erzählte sie. Ja, und das wohnte auch der alte Philipp neben Mariann mit seinem wiedergefundenen alten Hund. Und Tantem hatte seinen Kranich im Teich am Platz des Albatros. Die Frage interessierte auch Tantem.

Elena konnte sie nicht beantworten. Sie zuckte mit den Schultern und meinte, dass es sich dabei um Ausnahmen handele.

„Es ist zumindest keine Frage der Abhängigkeit mehr!" meinte sie.

Magdalena sprach auch von dem alten Mann mit seinem Esel, dem sie vor kurzem begegnet sei.

„Amigo" habe er ihn genannt, weil er offensichtlich eine langjährige enge Beziehung zu ihm hatte. Sie seien auf einen hohen Hügel hinaufgestiegen, ganz langsam, der Mann wie der Esel. Als sie ihn gefragt habe, warum er sich nicht von ihm hinauftragen ließe, habe er nur mit dem Kopf geschüttelt und gemeint, Amigo sei genauso alt wie er, und er habe kein Recht mehr, ihn zu benutzen.

Eliza erinnerte sich an ihren kleinen Hund:

„Jua – meine Sonne – hieß er. Er war noch so klein, als er nachts schon allein herumirrte und zu mir schlafen kam, weil er sonst niemanden hatte. Doch als er mich einmal am Tag während der Arbeit aufsuchte, haben sie ihn im Reisfeld erschlagen", sagte sie traurig.

„Vielleicht ist er ja hier? Er war noch so unschuldig!"

Der Weg schien endlos weit. Weiter noch als in Cunimbas Reich! Doch sie wanderten leichtfüßig und leise auf den moosigen Pfaden, durchquerten kleine Bäche und geheimnisvolle Wälder. Lange Flechtenbärte hingen von den Zweigen, und vereinzelt drang ein Strahl der Morgensonne hindurch. Doch der Wald war noch feucht von der Nacht, und so bildeten sich Nebelschwaden, die sie wie Schleier umgaben.

„Es ist geheimnisvoll!" flüsterte Eliza. „Aber schön!"

Sie lief lautlos wie eine Raubkatze; und man konnte sich fast vorstellen, dass sie auf Bäume klettern und an den Lianen schwingen könnte.

Sie sah und hörte alles. Freudig zeigte sie auf die hoch in den Baumkronen hängenden großblütige Orchideen. Im Halbdunkel des frühen Morgen leuchteten sie wie kleine bunte Fähnchen, oder als säßen Papageien in den Wipfeln.

Beim Verlassen des dichten Waldes überwältigte sie der Anblick einer schier unendlichen Landschaft. Fjordähnliche Wasserläufe zogen sich unterhalb der Hügel und Bergen dahin. Smaragdfarbige Seen lagen eingebettet zwischen grünen Bergrücken, deren Höhen hier und da verschneit waren. Die ruhenden Seen wurden gespeist von den Wasserfällen, die sich von oben herab in der ersten Sonne weißglitzernd hinein ergossen. Über allem stand noch der Mond von der Nacht und sah einer Schar von Kranichen zu, die den neuen Tag mit ihren Trompetenrufen begrüßten.
Tantem war fasziniert von ihrem Anblick, und er fragte sich laut:
„Warum ist mein Kranich nicht dabei? Warum verkümmert er in seinem kleinen Teich am Platz des Albatros?"
„Irgendwann wird er den Weg finden", tröstete ihn Elena.

Sie verließen den Waldrand und folgten Elena über einen Pfad, der durch hohes, raues Gras auf einen Heidehügel führte. Dort machten sie Rast.
Ein aufgeschreckter Birkhahn ging mit ärgerlichem Blick an ihnen vorbei. Und ein Hase, der noch nass war vom Tau der Nacht, schaute sie verdutzt an, als sie ihm zusahen, wie er sich schüttelte und sich langgestreckt in die ersten warmen Sonnenstrahlen legte, um sein Fell zu trocknen.
Murmeltiere erwachten in ihren Erdlöchern und erschienen

nach und nach, um zu sehen, was es für ein Tag werde. Ihre stupsigen Nasen schnupperten in die Luft. Sie waren nicht scheu vor den Menschen, die auf ihrem hauseigenen Hügel saßen, und kamen ihnen sehr nah.
Magdalena erinnerte sich daran, wie oft sie ihnen schon in den Bergen der Heimat begegnet war. Bei jeder Bergtour im Latemar hatte sie ihre Warnpfiffe gehört, wenn der Hund sie begleitet hatte.

Die Sonne war zwar schon aufgegangen, aber in der Luft lag noch eine herbe Frische. Sie kam von den Fjordbergen herüber. Sie hatte wohl auch den kleinen Waschbären geweckt, der seines Wegs daherkam. Im Vorübereilen hielt er kurz an, schaute verdutzt in die stillen Gesichter, schüttelte unverständlich den Kopf und ließ sich nicht länger aufhalten.

Elena hatte an einem Wasserfall in der Ferne eine Bärenfamilie bei der Morgendusche entdeckt. Auch Tantems klarer Blick hatte sie gesehen. Das Treiben der Fregattvögel über ihnen, die sich darüber aufregten, schien sie nicht zu stören. Immer wieder wagten sie sich mit der Mutter ins kalte Wasser, was sie anschließend richtig übermütig machte. Sie jagten und balgten sich unter lautem, wohligem Grummeln. Wie pummelige braune Wollknäuel rollten sie einen Abhang herunter, standen auf und liefen wieder hinauf.
Eine Rentierherde, die unter ihnen vorbeizog, störte sie nicht. Und auch nicht der prächtige Elch, der auf einem baumlosen Hügel über ihnen stand, und ihnen in aller Ruhe zuschaute. Wie ein riesiges Monument sah er dort oben aus.

„Weiter nördlich beginnt ein polarähnliches kaltes Gebiet, in dem die Eisbären und Pinguine leben", erklärte Elena.

„Es ist fast so wie auf der Erde. Dazwischen liegt noch das nordische Hochland mit Jacks, Moschusochsen, Wölfen und Luchsen. Und natürlich den Bären, Rentieren und Elchen!"

„Bist du einmal dort gewesen?" wollten sie wissen.

„Nein! Das sollte man auch nicht tun!" sagte sie. „Man würde doch zu tief in ihre stillen Gebiete eindringen. Vielleicht hätten wir auch nicht das Recht dazu", sagte sie sich.

„Ich habe bisher nur vereinzelte Tiere aus der Ferne beobachtet. Zudem wäre es wohl auch zu weit", überlegte sie.

„Genauso unergründet bleiben sicher auch die weiten südlichen Lande, in dem die anderen großen Wildtiere leben. Da ist Weite und Wildnis genug für alle Arten. Würden die Tiere auf der Erde einmal aussterben, sei es durch eine Verseuchung, oder Mangel an Futter, und auch durch die Jagd des Menschen, hätte Gott genug an Tieren jeglicher Art bereit, um sie damit neu zu beleben", glaubte Elena.

„Aber das würde er nicht tun!" widersprach Eliza. „Dafür liebt er sie zu sehr!"

Da mochte sie recht haben!

Während sie noch redeten, galoppierte eine Herde nordischer Wildpferde unter ihnen vorbei. Sie sahen und hörten sie nicht. Als hätten sie ein Ziel, jagten sie davon. Ihre wilden Mähnen flogen mit jedem Sprung auf und ab.

„Sie sind frei wie der Wind!" sagte Tantem. Glücklich lächelnd sah er ihnen lange nach, und dachte wahrscheinlich an die Heimat.

„Du liebst sie!", sagte Elena. „Hast du einmal ein Pferd besessen?"

„Nein, nein! Ich war nicht so reich. Aber ich kannte mal ein Pferd. Es war eine schöne Mischung aus Pferd und Esel, und ich mochte es. Seine Mutter mußte eine geduldige Eselin gewesen sein; denn es war genauso.

Brav zog es den schwersten Karren steinige Bergpfade hinauf, trug Lasten und die Menschen. Und geduldig stand es oft angepflockt in der heißen Mittagssonne und wartete auf seinen Herrn, der im Gasthof drinnen zuviel Tequila trank."

„Ja, ich kenne das von meinen Reisen in den Süden von Europa. Dort standen sie auch in der glühenden Hitze mit hängendem Kopf vor den Tavernen. Ich habe mich oft gefragt, was sie dabei empfinden. Sie sahen so geduldig aus, als wären sie gefühllos geworden.

Oder dachten sie vielleicht doch ...?

Ich erinnere mich an ein kleines Gedicht, das ich damals in mein Notizbuch geschrieben habe:

> Im heißen Straßensand
> steh ich nun still
> und halte Siesta,
> sagen sie dazu.
> Hab einen Namen
> den ich nicht will
> und gehorche immerzu.
> Ich träume vor mich hin
> von Pferden, würdevoll, wild
> in herrenlosem Land.
> Wo ich geboren bin
> im Wind der Tièrra baldia
> da möchte ich hin!

Es stimmte Tantems Herz traurig.

Aber auch Magdalena erinnerte sich an die Lasttiere, die Pferde, Ochsen und Kühe, die in ihrer Kindheit den Pflug durch die karge, steinige Erde zogen, und die schwerbeladenen hohen Wagen auf den holprigen Wegen bergauf, bergab nach Hause brachten. Sie hatten ihr schon als Kind leid getan.

Eliza dachte über etwas anderes nach:

„Vermehren sich die Tiere jetzt noch?" wollte sie wissen.

„Aber nein!" lachte Elena. „Sie bleiben, wie sie ankommen. Auch der Mensch unterliegt ja nicht mehr den Trieben. Es ist das Land der Seelen, Eliza!"

Sie waren gerade im Begriff, aufzubrechen, um weiter in wärmere Zonen zu gelangen, als drüben vom Polargebiet herüber ein schneller bunter Strahl des letzten Nordlichtes der Nacht über den dort noch dämmrigen Himmel huschte.

„Da, das Polarlicht!" rief Elena. „Habt ihr es gesehen?"

Eliza und Tantem kannten es nicht und wollten es erklärt haben. Elena und Magdalena erklärten ihnen, dass es diese Polarlichter auch nur im kalten Nordpolgebiet gebe, und nicht in einem warmen Land.

„Obschon einmal Polarlichter über Singapur gesehen wurden", wußte Elena.

„Die kanadischen Eskimos nannten sie „Koeeit" – Fackeln der Götter -, die die Seelen ins Land des Glücks geleiteten".

Das hörten die beiden gern.

„Oh ja, ich kenne solche Regenbögen", sagte Eliza. „Sie stiegen aus dem Indischen Ozean auf und gingen unter im Pazifik."

Der Glaube der Eskimos überzeugte sie; denn sie erinnerte

sich an das weiße Zauberlicht, das sie im letzten Moment ihres Lebens gesehen hatte, als sie den Weg ins Paradies antrat.

„Ja, es ist ein göttliches Licht!", glaubte auch sie. „In meiner Religion gibt es Götter, die uns mit Lichtern Zeichen geben."

Tantem schwieg dazu. Er hatte seinen eigenen Glauben.
Doch bevor sie weitergingen, wollte er mehr über das Zauberlicht wissen.

„Es ist manchmal über mehrere Hundert, und gar tausende Kilometer lang", sagte Elena. „Und es erscheint meist in einer ganzen Serie von bunten, flackernden Lichtern. Wie bunte Bänder können sie flattern. Manchmal hüpfen sie in spielerischen Reflexen und tanzen am Himmel. Oder sie sind eingerahmt in großen, rotierenden Spiralen mit rötlichen Einsprengungen, als wäre es ein Zauberakt der Sonne. Andernorts wirbeln sie auch herum als blaudunstige Ringe", erklärte sie.

„Sie können aber auch in bunten Bögen verlaufen, so wie eben. Dann überspannen sie ganze Kontinente, von Finnland bis Sibirien, oder überqueren ganz Kanada."

Sie staunten. Aber Tantem wollte es noch genauer wissen:

„Und was ist es genau, dieses Himmelslicht?", fragte er. „Weiß man denn garnichts darüber auf der Welt? Das mit den Göttern glaubt ja nicht jeder", meinte er.

Magdalena, die sich einst über das Malen ihrer Nordlichtbilder damit beschäftigt hatte, versuchte es zu erklären:

„Die Sonne spendet nicht nur das Licht und die Wärme, sondern gibt auch den Sonnenwind frei. Er füllt als ein Plasma die Magnetospäre, das Universum", sagte sie.

„Wenn sich nun aus dem Universum ein Sonnenwind-Teilchen in den Magnetosphären-Schweif verirrt, gibt dieser eine Schicht des Plasmas frei, die dann als ein Elektronenstrahl in die Erdatmosphäre rast. Dabei vermischen sich die beiden Energien mit den Atomen und Molekülen in der Luft, und ergeben diesen bunten, geheimnisvollen Lichtstrahl."

Elena nickte. „Genauso ist es! Das ist wissenschaftlich erklärt", sagte sie.

Eliza aber lachte. Lustig versuchte sie, die schweren Bezeichnungen nachzusprechen und stotterte unentwegt.

„Du magst darüber glauben, was du möchtest", sagte Magdalena. „Diese Wissenschaft ist auch schwer zu begreifen. Wir verstehen auch nichts von den Lichtern deiner Götter."

Sie brachen auf, um zu gehen.

Aus der Ferne schallten immer noch die Rufe der Kraniche.

Der Grenzweg war lang. Bald führte er über einen Geröllpfad bergauf, und oben weiter über einen langgezogenen, begrünten Bergrücken, von dem aus sie einen Blick in ein völlig anderes Land hatten. Es war wunderschön! Auf der einen Seite des Gebirges lag ein blaues Meer, und auf der anderen eine Vorgebirgs-Landschaft, die unten in ein flaches, grünes Land mit Flüssen und Seen überging.

Als sie am Ende ihres Pfades über dem inzwischen steil gewordenen Grat ankamen, erblickten sie auf der Meerseite ein Delta in einer grünen Bucht, über dem eine Schar rosaroter Flamingos umherkreiste. Von einem küstennahen schmalen Inselstreifen im Meer drangen Schreie von Fregatt-Vögeln zu ihnen herauf, die dort wohl eine neue Heimat gefunden hatten. Das rege Leben im Ufergebiet schien sie zu stören. Die Bucht bot auch einer Schar feuerroter Ibissen ein Zuhause. Als sie hintereinander in einem roten Schweif aufstiegen und davonzogen, erhoben sich auch einige Pelikane vom Boden und flogen mit schweren, zischenden Schwingen aufs Meer hinaus.

„Fangen sie denn noch Fische, wo sie doch keinen Hunger mehr haben?" fragte Eliza.

„Aber nein! Sie lieben nur die gewohnte Umgebung", sagte Elena. „Das Meer ist ihr Element. Da haben sie einmal gelebt und ihre Jungen großgezogen."

Sie gingen den Bergpfad durch das Vorgebirgsland noch ein Stück bergab. Unten breitete sich eine grüne, fruchtbare Ebene aus. Unterwegs am Hang fielen ihnen kleine Erdhügel auf, die verschiedene Ein- oder Ausgänge hatten.

„Was ist das?" fragte Tantem. „Wer wohnt darin?"

„Sind es die Murmeltiere?" fragte auch Magdalena.

Ein kleines braunes Wesen mit großen Augen beantwortete die Frage, als es am Loch erschien.

„Es sind Erdmännchen!" sagte Elena.

Als hätten sie sich rufen hören, kam die ganze Familie heraus, eines am anderen. Nachdem sie die menschlichen Wesen begutachtet, und nichts zu befürchten hatten, begannen sie ihre morgendlichen Spiele. Die kleinen Kerle wurden übermütig und überboten sich mit ihren Sprüngen, schlugen Purzelbäume, balgten und jagten sich, und alles in einem Pfeifkonzert. Die lustige Mannschaft bot den Zuschauern ein unterhaltsames Nonstop-Programm.

Plötzlich jedoch wurde aus dem inneren Kreis der Purzel- baumschläger der Kleinste und Dünnste über die allzu wilden Kapriolen herauskatapultiert, und landete zu seiner Über- raschung auf Elizas Schoß, die sich am Rande des Spielfeldes hingesetzt hatte. Für einen Schreckmoment blieb er sitzen und sah sie mit seinen großen Augen an. Dann richtete er sich auf, wurde länger und länger im Erstaunen über das Ungewöhn- liche, und brachte ein paar piepsende helle Laute heraus. Als Elizas Hand kam, ihn zu berühren, brachte er all seine Kräfte auf für einen großen Sprung in seine Gesellschaft.

Ein Nachtreiher in der Nähe, der sich womöglich aus dem Delta herauf zur Tagesruhe hierher zurückgezogen hatte und einen verschlafenen Eindruck machte, hatte sich das Ganze angesehen. Ob Störung oder nicht: das Spiel der Erdmännchen hatte ihn neugierig gemacht, und er beobachtete es ab- wechselnd mit dem einen oder dem anderen Auge. Dabei legte er den Kopf schief zur jeweiligen Seite, um nichts zu versäu- men.

„Gibt es auch Schlangen hier?" fragte Eliza.

„Nein!" antwortete ihr Elena. „Soviel ich weiß, nicht! Ein Freund von mir, auch ein Tierforscher aus unserer Zeit, über den ich dieses Land der Tiere kennenlernte, hat einmal gemeint, dass eine Schlange hier wohl keine Aufnahme fände, wo sie doch einmal den Menschen zum Bösen verführt hätte, und Gott ihm daraufhin das Paradies im Garten Eden genommen hatte. Er glaubte nicht, dass er es noch einmal zulassen würde."

Das glaubte auch Eliza nicht. Hier im Paradies, ob bei den Tieren wie bei den Menschen, war kein Platz für das Böse.

Später auf dem Heimweg erzählte Elena aus ihrem Leben. Sie hatte zusammen mit ihrem Freund, dem Tierforscher, die Welt bereist und eine gute Forschungsarbeit geleistet, die inzwischen wohl schon vielen seltenen Tieren einen frühzeitigen Tod erspart hatte. Zusammen waren sie auch auf einer Expedition ums Leben gekommen. Von Menschenhand!

Sie hatten einen anderen Rückweg genommen. Elena kannte sich aus. Von einer Bergkuppe aus ergab sich noch einmal ein weiter Rundumblick.
„Dort drüben hinter dem Gebirgsstock beginnt das Land des Südens!" zeigte sie. „Die Savannen erstrecken sich weit durchs Land. Ich war noch nicht dort. Aber mein Freund hat es mir berichtet; er ist schon da gewesen.
Zu gerne möchte auch ich sehen, was aus den Elefanten geworden ist, die ohne Stoßzähne schwer verletzt vor uns im Busch lagen!" Wehmütig stöhnte sie.
„Und ob meine beiden kleinen Gazellenkinder dort sind, die ich mit der Flasche aufgezogen habe, nachdem Safarijäger im Rausch aus lauter Tötungslust ihre Mutter erschossen hatten.
Sie werden verhungert sein!" meinte sie traurig; „denn kurz darauf kam ich ums Leben.
Wenn ich einmal dorthin komme, werde ich sie rufen. Ich gab ihnen einen Namen."
Sie konnten Elenas Traurigkeit verstehen. Die Tiere der Wildnis waren ihr Leben gewesen. Für deren Schutz und Wohlergehen hatte sie auf ein angenehmes, leichtes Leben verzichtet, und ihren eigenen Tod in Kauf genommen.
Gut, dass es Menschen wie Elena auf der Welt gegeben hatte, und hoffentlich immer geben würde!

In Gedanken an Elenas Erzählungen fiel Magdalena das

Gedicht von Ernesto Cardenal

ein.

„Verwundungen" würde Elena es nennen. Er legte es damals einer jungen Tuareg in den Mund, die sagte:

„Die Gazelle, die du verwundetest, kam,
um unter dem Tamarindenbaum beim Pferch
zu sterben.
Wir fanden sie bei Sonnenuntergang
als wir zu den Zelten zurückkehrten.
Ihre Glieder waren noch weich
und ihre Lider bedeckten noch nicht völlig
ihre großen, traurigen Augen.
Im Schaft der Lanze
die in ihrer Seite steckte
erkannte ich dein Zeichen.

Ich fragte mich:
Werde ich einmal
wie diese Gazelle sein?
Antworte mir
du, der du auch mein Herz
so schnell verwunden kannst!"

~

Magdalena war noch in Gedanken, als Elena weitersprach:
„Habt ihr schon einmal ein Nashorn sterben sehen? Oder
einen Elefanten? Es dauert lange, bis sie soweit sind!
Und warum müssen solche Tiere sterben?" fragte sie.
„Immer noch!
Aus reiner Provitgier! Aus einem widerwärtigen Glauben
heraus!" sagte sie aufgebracht. „Er ist bei den asiatischen Völkern stark verbreitet; aber auch afrikanische glauben daran,
dass sich zum Beispiel aus dem Horn ein für den Mann sexu-
ell stimulierendes Elixier gewinnen lässt, wenn sie seine Sub-
stanz verreiben. Dafür muss es denn lebendigen Leibes abge-
schnitten oder herausgezogen werden. Geht's noch grau-
samer?" fragte sie aufgebracht.
„Als ob die Männer dort nicht stimuliert genug wären, früher
wie heute!" höhnte sie.

Schweigend hörten sie ihr zu, während ihre leisen Schritte
schnell und leicht auf den moosigen Waldpfaden dahin eilten,
denn ihr Weg, bevor die Dämmerung begann, war weit.
Elena wusste so viel:
„Oder denken wir an die schönen Paradiesvögel, die ebenfalls
schon aus luxeriöser Gier für den Menschen ihr Leben lassen
mussten! Ein Ornithologe, der uns damals auf einer fern-
östlichen Reise besuchte, erzählte in einer Nacht von seinen
schrecklichen Entdeckungen in Neuguinea.
„Diese herrlichen göttlichen Wesen sind viel zu schön für den
Menschen!" sagte sie. „Statt sich an ihrer Schönheit zu er-
freuen, beraubt man sie ihrer prächtigen Federn! Aber sie sind

ihr Schmuck, ein lebender Teil ihres Körpers, den Gott ihnen, und nicht dem Menschen, geschenkt hat!
Sie sind empfindsame Wesen!" sagte Elena. „Juwelen des Urwaldes! Ihre einmeterlangen, schleierähnlichen Federn entfalten sich von den hohen Baumkronen herab wie lodernde Flammen", schwärmte sie.
„Und warum tut man das?" wollten Tantem und Eliza wissen.
„Weil man sie für viel Geld verkaufen kann. Genau wie das Elfenbein! Das ist eben die Habgier des Menschen!" schimpfte sie.
„Schon seit Urzeiten zahlten Herrscher und reiche Sammler Unsummen an Gelder dafür. Andere sahen Fabelwesen in ihnen, die sich von Regentropfen ernähren, und auf bunten Regenbögen schlafen würden.
Ach, sie sind einfach wunderbar!" begeisterte sich Elena.
„Und so glaubt mir: Es tut weh, sie halbnackt mit hilflos bellenden Rufen am Boden kauern zu sehen, wenn sie verenden!"
Sie glaubten es ihr. Es rührte ihr Herz, und besonders das von Eliza. Mit Tränen in den Augen ging sie hinter ihnen her.

Der blaugraue Dunst des Abends hing in der Ferne schon in den Gipfeln, und Nebel zog vom Delta hoch, legte sich wie eine weiße Decke über die Flüsse und Seen, und hüllte die Hügel des Vorgebirges in seinen Schleier. Die Wasser, die darunter von oben herab in die smaragdfarbigen Seen flossen, glänzten hindurch wie Silberstreifen.
Auch in den Wäldern begann das Leben langsam zu schweigen. Ab und zu noch ein Abendlied irgendeines unsicht-

baren Vogels, und der sehnsüchtige Ruf einer Wildtaube, die nach einer anderen rief. Sonst nichts!

Eine Eule saß noch auf ihrem Schlaf-Ast vom Tag und sah verwundert auf die Davoneilenden herab. Sie rührte sich nicht. Doch nach kurzer Entfernung hörten sie ihr langgezogenes, dumpfes „Uhuu, uhuu...", das sie ihnen hinterher rief.

Für einen Moment hielten sie inne, da sich ein paar scheue Rehe ihrem Pfad näherten. Offenbar war es auch ihr Weg irgendwohin. Das Bächlein neben ihnen verschluckte mit seinem Plätschern die Schritte der ungewohnten Menschen, und der Wind, der ihnen entgegenwehte, trug ihren Geruch mit sich fort, so dass die Tiere sorglos sein konnten. Der Instinkt von früher, dem Menschen aus dem Weg zu gehen, war immer noch wach.

Die Rehe gingen weiter, aber Elena und die anderen bogen von ihrem Pfad ab und gingen auf eine nahe Lichtung, auf der noch die Abendsonne auf dem Heidekraut lag. Es war so schön hier, dass sie eine letzte Rast machen wollten.

Der trockene Boden, auf dem sie sich niederließen, war noch warm von der Sonne des Tages, und die Berberitzen neben ihnen leuchteten immer noch rot wie Korallen. Auch die Gipfel in der Ferne, die das Bergland von den Savannen trennte, tauchten noch einmal in ein flammendes Rot, das die letzte Sonne wie eine Schau, eine Demonstration des Weltengeistes, verschwendete.

Während die anderen einer Meute spielender Hunde in der Nähe zusahen, dachte Magdalena an die Heimat. Wie rot hatte die Abendsonne auch die Flanken des Rosengartens gefärbt, wenn sie von einer Bergtour im Latemar nach Hause gingen!

Die Hundemeute am warmen Hang war noch nicht müde. Wie am Tag die kleinen Erdmännchen, vergnügten sie sich untereinander, jagten und balgten sich spielerisch, sprangen über Wurzelstöcke und am Boden liegende Bäume, bellten und hechelten vor Freude, und schenkten sich gegenseitig ihre Zuneigung. Ein noch kleiner, junger Hund war auf Eliza zugelaufen, und bald tollten die beiden bei fröhlichem hellen Bellen des Welpen, und Elizas Lachen im struppigen Heidekraut herum.

Eine der älteren Hündinnen näherte sich den Menschen. Vorsichtig setzte sie sich auf einen großen flachen Stein in der Nähe und beobachtete das Spiel der anderen. Doch als Magdalena zu einem Baumstamm ging, der über einem Ausläufer des Bächleins lag, und ihre Füße darin baumeln ließ, saß sie plötzlich hinter ihr.

Still schaute sie Magdalena zu, legte ihre schwarzen hängenden Ohren an den Kopf, und ihre dunklen Augen bekamen einen sehnsüchtigen Glanz. Als Magdalenas Hand liebevoll auf ihrem Kopf lag, winselte sie leise. Dann sprang sie freudig hoch und forderte sie wedelnd auf, mitzukommen. Sie lief voraus zu einem großen Stein am Hang, immer wieder wartend und schauend, ob Magdalena ihr folge. In einer darunter ausgegrabenen, eingelegenen Mulde war ihr Platz. Interessiert sah sie zu, wie Magdalena Bündel von dem trockenen, würzigen Berggras rupfte und hineinlegte.

Sie ließ es zu. Es gefiel ihr.

Dann saßen die beiden davor wie zwei verbundene Seelen aus dem Leben, das sie ein Stück weit miteinander gegangen waren.

Wie hatte Cunimba gesagt:
„Das, was einmal zusammengehörte, findet sich!"
So war das wohl mit der Liebe!
„Sie hat bei Gott einen hohen Stellenwert", hatte er auch gesagt.
Als sie zu den anderen zurückkam, waren sie eingeschlafen. Alle miteinander lagen sie im Heidekraut, und der Mond schien auf sie herab. Erst jetzt fiel ihr auf, dass sie nicht mehr an den Heimweg gedacht, und die nach Sonnenuntergang einbrechende Nacht nicht bemerkt hatte.

Doch Elena führte sie sicher zurück. Gut, dass sie sich auskannte!
Ohne sie müssten sie die Nacht im Land der Tiere verbringen. Und überhaupt: Ohne Elena hätten sie diesen Tag nicht erlebt!

Schweigend gingen sie über die dunklen, stillen Pfade der Nacht, einer hinter dem anderen, bis das weiße Licht des Mondes aufleuchtete und ihnen das Land zeigte, in dem sie jetzt zu Hause waren.

*

Tantems Rückkehr

Soviel er auch sah und erlebte, begriff er dennoch den Platz im Paradies nicht, den er erhalten hatte. Sein Glaube wollte es nicht zulassen, dass der Mensch ihn ohne geldliches Gegengeschenk erhielt. Tantem hatte nichts mitgebracht, außer seinem jungen Leben, in dem die Chancen für einen größeren Erwerb nicht ausgereicht hatten. Dass er ein Verdienst seines moralisch guten Lebens sein könnte, kam ihm nicht in den Sinn; denn Tantem hatte nie über das Gutsein nachgedacht. Er hatte es nur gelebt. Immer sah er das Gute in den anderen. Menschen wie Elena zum Beispiel, und all die Mitmenschen hier, hatten es aus vielen Gründen verdient, belohnt zu werden.

Tantem aber hatte seiner Meinung nach das Gebot seines Glaubens nicht erfüllt.

Ohne Geschenk ging man nicht zu einer Einladung! Und erst recht nicht zu einer himmlichen! Da wurde mitgenommen, was man an Schätzen erworben hatte. Selbst die Ärmsten brachten Geschenke und Gaben, um nicht beschämt dazustehen. Er hatte schon als Kind gesehen, mit welch guten Gaben die Toten ins Jenseits geschickt wurden.

Tantems Grab aber war ein Grab in der tiefen Erde gewesen, zu dem es keinen Zugang gegeben hatte. Er selbst hatte es mit den Companeros gegraben, tief und tiefer, bis der Berg über ihnen zusammengebrochen war, noch bevor sie etwas hinterließen.

Die Erde hatte nichts mehr freigegeben, was vorher wertvoll war. Ihre Seelen aber waren entkommen, auch wenn ihre Körper eins wurden mit Staub und Asche!

Um seinem Schuldbewußtsein ein Ende zu machen, erbarmte sein Gott sich seiner in der Ewigkeit. Er schickte ihn zur Erde zurück: zu Marisa und den Kindern, und zu den Companeros im Silberberg, damit er den wahren Sinn des Lebens und Sterbens begreifen lerne.

Tantem's Geist wurde zum Heimkehrer in eine Welt, die nicht mehr die seine war. Er fand nur mehr eine schwache Erinnerung an den Tantem vor, der mit ihnen gelebt und sie geliebt hatte, und in wahrer Freundschaft mit ihnen verbunden gewesen war.
Es erstaunte ihn. Nur zu gut hatte er noch ihre Abschiedstränen und Versprechungen vom ewigen Gedenken in Erinnerung.
Marisa war in anderen Händen. Gewiss sah er das Glück in ihren Augen, hörte ihre Lieder von der Liebe, und spürte die stille Zufriedenheit, mit der sie einherging. Es machte ihn zufrieden, dass wenigstens sie nicht mehr unglücklich war.
Doch es tat auch weh, den Platz neben ihr in der einst gemeinsamen Hütte, in der sie einmal die erste große Liebe mit ihm erlebt hatte, besetzt zu sehen. Ein anderer hatte mit mehr Geld, als Tantem einst verdiente, auch mehr Glanz in ihr kleines Heim gebracht.
Er sah seine Söhne. Sie waren keine Kinder mehr und schon weit von der klaren Erinnerung an ihren Vater entfernt. Und so begriff er mit Entsetzen, wieviel Zeit vergangen war, und wie lange er über seinen Tod hinaus um sie gelitten hatte.
Das Leben auf der Erde schien sehr schnell weitergegangen zu sein. Auch ohne ihn, wo er sich doch für so unersetzbar gehalten hatte! Es machte ihn noch demütiger.

Zufrieden betrachtete er ihre Haltung, mit der sie in jungen Jahren durchs Leben gingen. Mit einer steten Gradlinigkeit, Fleiß, und Ehrlichkeit, mit Stolz und Unbeirrbarkeit, setzten sie in einer veränderten Welt ihr Leben aus dem seinigen fort.

In ihnen hatte er doch etwas von sich hinterlassen, was Gott und den Menschen gefiel.

Es machte ihn stolz und zufrieden zugleich. Und er begriff, dass er nun loslassen konnte von seinen Sorgen, die ihn in die Ewigkeit begleitet hatten. Es ging jetzt ohne ihn.

Die Zeit der Söhne war gekommen!

Auch die Freunde, die einmal seine waren, hatten sich verändert. Als unsichtbarer Zuhörer zwischen ihnen legten sie sich bloß vor ihm, und sein Geist sah in ihre Gedanken.

Viel Ehrlichkeit war verloren gegangen. Wenn sie sich auf die Schulter klopften und umarmten, war es nicht mehr nur eine Geste der wahren Freundschaft. Es lag etwas Gleichgültiges darin, war nur mehr eine Phrase, als wenn man sich aus Höflichkeit die Hand gab.

Wo war die Herzenswärme? Sie war einer gewissen Kälte gewischen.

Nein, es ging nicht mehr das von ihnen aus, was sie früher füreinander empfunden hatten. Tantem spürte es.

Sie machten zwar mehr Worte als damals. Aber es waren leere Worte! Man stand nicht mehr dahinter wie einst in der Armut, als Freundschaft ihr ganzer Reichtum war.

Tantem begann zwischen ihnen zu frieren. Er sah auch den Ehrgeiz und den Kampf um mehr Lohn und mehr Macht. Sie nutzen sie gegen die Schwachen.

Es schien ihm sogar, dass eine Machtstellung zum Erstrebenswertesten geworden war. Und dass man sie auch kaufen konnte. Mit Mani!

Tantem sah auch die vielen lebensunwichtigen Dinge, die die Menschen sich mit mehr Geld vergönnten. Es überschritt in seinen Augen die Demutsgrenze dem Leben gegenüber.

Sie schmückten sich mit Glitter, um sich aufzupolieren und gegenseitig etwas vorzumachen, weil sie zu wenige Werte in ihren Herzen hatten.

Er fühlte sich unwohl in dieser neuen Welt des Scheins, und suchte weiter verzweifelt nach der Ehrlichkeit.

Tantem verstand die Menschen nicht mehr.

Zu seiner Zeit hatte man sich offen und nackt zu seiner Armut und den bescheidenen Ansprüchen bekannt. Jetzt aber versuchte man sie zu verleugnen.

Sie hatten ein Stück Brot untereinander geteilt, und auch den letzten Wein, anstatt den, der weniger hatte, zuschauen zu lassen. Keiner von ihnen war raffgierig gewesen und hatte dem anderen etwas weggenommen. Im Gegenteil: Man hatte es ihm gegönnt! Schließlich lebten sie in gleicher Armut, verstanden die Not, und teilten daher die Freude über einen kleinen Erfolg des anderen, ohne dass sie ihm diesen neideten, wie es heute schien.

War doch jedes ihrer bescheidenen Leben glanzlos gewesen; aber unglücklich waren sie nicht! Gier und Egoismus hatten sie nicht vergiftet! Er sah, dass diese neuen Charakterzüge es waren, die Freundschaften, und gar die Liebe, zerstörten.

Die Menschen waren nicht reicher, sondern ärmer geworden!

Und so erkannte er mit der Zeit, dass sich die Menschen selbst mit ihrem Lebenslauf um den Erhalt des Mani sakla –den Heiligen Lohn, die Seligkeit - brachten.

Es kam auf das gelebte Leben an. Auf sonst nichts! Heute hatten sie Güter genug, um Gott zu beschenken. Aber er war reich genug und wollte sie nicht.

Die Menschen waren in eine andere Verirrung geraten, als er, Tantem, der den Sinn des Lebens und der Arbeit aus seinem Glauben heraus missverstanden hatte.

Tantem beobachtete die Menschen noch eine Weile. Er sah, wie sie sich selbst entlohnten, und viele von ihnen reichlich.

Er dachte darüber nach und versuchte es zu verstehen, da er nun wußte, wie kurz doch ein Leben sein konnte, und wieviele Wünsche offenblieben, wenn man es nicht tat.

Aber es war so, dass manche sich mehr nahmen, als ihnen für ihre Leistung zustand. Und dass sie nichts von dem Überfluss, den sie anhäuften, an Bedürftige abgaben.

Teilen war ein fremdes Wort geworden, wohl auch in seinem Land.

Trotz allem gab es keine Sättigung. Zur Krankheit der Selbstsucht war die der Prahlerei gekommen; denn sie verehrten sich mit ihrem Reichtum. Diese Lust verschloss die Augen gegen den Anblick von Armut und Leid!

Sie waren zu Herrenmenschen geworden, die verlangten und auftrumpften. Im Gegensatz zu der Zeit, als sie noch alle gleich winziger Mücken um ein wenig mehr Licht und Freiheit geflattert waren, wie um das höchste Gut. Er fragte sich, ob sich der eine oder andere noch an seine einfachen, armen Verhältnisse erinnerte, wenn er zu stolz geworden war?

Es hatte nicht den Anschein. Nun, da sie alles hatten, was sie einmal entbehrten, genügte es ihnen nicht mehr. Es musste mehr und mehr sein!

Natürlich: Der Wind des Todes blies jeden aus. Es konnte früh oder später sein. Die einzige Gegenmaßnahme war, zu leben.

Daher lebten sie, wie es ihnen gefiel. Schon mancher Belehrer der Welt hatte dazu geraten, das Leben zu genießen, denn es sei kurz. Doch nicht um jeden Preis!

Tantem sah, dass die Genüsse, die sich manche im Übermaß gönnten, ihre Gesundheit ruinierten. Alles Übertriebene schadete dem Glück! Das, was sie sich aus dem Überfluss heraus schufen, war nicht von Wert und hatte keinen dauerhaften Bestand. Zudem geschah es auch oft zum Schaden anderer, was ja bekanntlich kein Glück brachte.

Ach, das Glück! Was war es, dass die Menschen ihm so nachjagten? Wirkliches Glück wohnte in einer wahren Liebe, die das Herz erwärmte. Es war anhaltend, während das aus vielem anderen Entstandene nur kurz und vorübergehend war.

Menschen versprachen sich das Glück zu leicht, ohne zu wissen, ob sie es mit ihrer Art zu leben vermitteln konnten. Junge Ehen zerbrachen, bevor sie über Höhen und durch Tiefen gegangen waren, und sie die Echtheit der Liebe und einen treuen Zusammenhalt einschätzen konnten.

Vieles Zuverlässige, und das Wort, das man sich gab, hatten mittlerweile einen bröckelnden Wert.

Nur nicht in der Geschäftswelt; denn da kostete es Geld, wenn es nicht eingehalten wurde.

Das Wort, die Wahrheit, war käuflich geworden!

Die Welt, in die Tantems unsichtbarer, wissender Geist zurückgekehrt war, wurde ihm fremd und fern. So sehr er auch nach den uneigennützigen Menschen suchte, die bedingungslos liebten und teilten: er fand sie zu selten. Die meisten hatten sich den Veränderungen der Zeit angepasst.

Er fragte sich, wie lange sie so abgekühlt in Frieden miteinander leben konnten. Denn, wenn der Egoismus wuchs und die Nächstenliebe darüber starb, war es ein Nährboden für den zwischenmenschlichen Krieg.

Nein, es war nicht mehr seine Welt!

Die Gelüste der Menschen stießen ihn ab. In ihnen lag die Gefährdung, weil Lust sich steigerte. Schon immer war es gut gewesen, wenn sich der Mensch Disziplin gegen diese Auswüchse abverlangt hatte.

Das Gegenteil schien der Fall geworden; denn man setzte sich zu wenig Grenzen, in dem man sich vom Angenehmen zuviel gönnte. Wenn die Lust Flügel hätte, würde sie mit ihnen zum Himmel fliegen, sagte er sich.

Doch, würden sich dort die Tore öffnen?

Die Moral aus Tantems Zeit war über allen Veränderungen auch einer eigennützigen Glaubenshaltung zu Gott gewichen. Das fortschrittliche moderne Leben hatte in den Menschen eine religiöse Veränderung bewirkt. Aus ihrer größeren Selbständigkeit und dem besseren Leben heraus, glaubten viele schon, ohne den Gott auskommen zu können, dem man in Demut und Achtung dienen müsse. Diese beiden Demutshaltungen passten nicht mehr in ihr jetziges Leben. Die Welt war stolz geworden!

Aber ganz wollte man nicht auf die religiösen Dinge verzichten. So hielten sie an den Gebräuchen fest. Sie formierten sich immer noch in langen Prozessionen und sangen Lob- und Bittgesänge zum Himmel, damit sie in Gemeinsamkeit gehört würden. Mit Prunk und Glanz trugen sie die Madonna als Madre de su –ihre Mutter-, blumenbekränzt durch die Straßen und feierten sie in einem Fest. Sie pilgerten auf Berge zu alten religiösen Stätten, taten dabei Buße für ihre moralische Nachlässigkeit, und baten gleichzeitig um Hilfe.

Sie waren weiter religiös, und geradezu naiv gläubig, da sie dachten, einen unentwegten Anspruch auf Verzeihung und Erbarmen zu haben, und auf Hilfe, wenn sie höheren Beistand brauchten. Sie gingen so weit, ihrem Gott Versprechungen zu machen für seine Hilfe, obwohl sie wußten, wie wenig Wahrheit in ihren Worten lag.

Die Kirchen lehrten sie es, auf Gott zu bauen. Aber hielten die Menschen seine Quelle für so unerschöpflich?

Dachten sie denn nicht, dass vielleicht auch eines Vaters Liebe einmal versiegen könnte über zu viele Enttäuschungen?

Sie lobten auch ihren Gott. Tantem fand, dass er in seiner Güte, und in seiner Größe als Schöpfer und Herrscher der Welt, keines Lobes bedurfte, sondern ihm nur Dank und Demut gebührte. Wo war die Gottesachtung, und geschweige die Liebe zu Gott geblieben?

Er fragte sich, was aus den Herzen ihrer Kinder werden würde, denen sie Vorbild waren? Aus getrübter Quelle floss kein klares Wasser!

Als eine innere Stimme ihn fragte, ob er mit ihnen leben wolle, sagte er „Nein! Es ist nicht mehr meine Welt!"

Mochten die Menschen von heute weiter flehen und bitten, und als Gegenleistung Versprechungen in leeren Vorsätzen machen. Galt es denn, Geschäft gegen Geschäft auszuhandeln mit dem weit entfernten Generaldirektor der Universum-GmbH, den man, wie in einem geschäftlichen Deal ihrer Meinung nach nicht lieben, sondern nur anerkennen musste, um unter anderem das zu erhalten, was die eigene Stellung im Leben aufbesserte? Allein die Zugehörigkeit einer Religions-gemeinschaft schien Vielen schon Garant genug zu sein für einen Anspruch göttlicher, beziehungsweise schicksalhafter Belohnung.

Musste man Liebe dafür schenken? Die Frage stellte sich ihnen nicht mehr. Liebe? Was für ein Verlangen! Liebe schenkte man sich doch selbst! Für Tantem aber blieb es ein göttliches Wort, ein unerklärliches, wunderbares! Liebe war Leben!

Seine Erkenntnis hatte sich vollendet, als er zurückkehrte, um sein Mani sakla in Empfang zu nehmen, das er sich in seinem gottgefälligen Leben selbst geschenkt hatte: Die Seligkeit!

Zusammen mit ihm erwachte auch der Kranich aus seiner Verwirrung. An einem frühen Morgen erhob er sich mit mächtigen Schwingen vom Hügel über dem Platz des Albatrosses in die Luft. Seine Trompetenrufe schallten ihm voraus.

„Der Kranich singt! Er fliegt!" rief man sich zu.

Oben stand Tantem im Strahlenglanz der ersten Sonne.

*

Un' aura amorosa"

... Mozarts „eine Stunde Glück" – hatte Luciano Pavarotti gerade besungen. Im Forum waren Rachmaninows und Tschaikowskys Melodien erklungen, und Karajan hatte Ravels bombastisches „Boléro" dirigiert. Tenöre und Sopranistinnen hatten mit inniger Hingabe ihre Arien gesungen, während Pavarotti sie wie ein Sturm in den Konzertsaal geschmettert hatte.

In De Curtis' „Non ti scordar di mi" – Du bist nicht von mir vergessen", war Pavarotti sanft geworden. Sehr sanft für diesen korpulenten Mann mit seiner voluminösen, starken Stimme!

Horowitz hatte das musikalische Beben im Forum mit Schumanns sensibler „Träumerei" abflauen lassen. Mit sacht auf den Klaviertasten schwebenden Händen hatte er aus der Melodie eine Liebkosung für die Seele gemacht.

Still hatten ihm alle zugehört. Das Forum war gefüllt, aber lautlos. Es war an diesem Abend kein Ort der Reden. Nur die Musik erfüllte den großen Raum.

Magdalena saß an der Seite ihres Vaters. Still hatte er ihre Hand in die seine genommen. Sie hatte es zugelassen und ihren Kopf an seine Schulter gelehnt. Wie Schumanns Musik hatte es ihre Seele berührt. Es war das erste Mal, dass sie seine Nähe fühlte.

Musikberauscht saßen sie unter den anderen und lauschten. Dabei gab es soviel zu erzählen. Aber an einem Abend wie diesem sollte es nicht sein. Später einmal! Hatten sie doch alle Zeit der Ewigkeit!

Als er sie später durch die Nacht nach Hause begleitete, bedauerte er die Versäumnisse des Lebens. Was war es auch schon, dieses Leben?! Eine Zeit voller Kriege, Armut und Aufregungen! Sie verstand ihn. War seines doch im ersten großen Krieg im damaligen Russischen Reich geboren und im letzten vor den Toren Moskaus geendet!

„Ach, diese Kriege!" sagte er enttäuscht.

„Sie nehmen überall das Leben der Väter, lassen arme abgearbeitete Frauen zurück und Kinder ungeschützt ins Leben gehen!"

Sie antwortete ihm nicht. Was sollte sie auch sagen! Die einstigen Klagen waren vom Gestrüpp des Lebens überwuchert und davon erstickt worden.

Und die Tränen? Ach ja, der kalte Wind des Alltags hatte sie verweht! Sie hätten dem Leben nichts genützt!

„Es war der Krieg!", wiederholte er nochmals, als wolle er sich für ihn entschuldigen.

„Du warst noch ein Kind, Magdalena. Ein kleines Mädchen, das meinen väterlichen Schutz in dieser schlimmen Zeit und den Jahren danach, gebraucht hätte!"

Magdalena ließ ihn reden. So, wie er es sagte, hatte sie es selbst empfunden. Damals schon!

Aber auch ein kleines Kind hatte gewußt: Ja, es ist Krieg! Schon allein dieses Wort, das so unendlich viel grausame Härte in sich trug, hatte die Entbehrungen aller Art entschuldigt. Nichts, über das sonst gesprochen worden wäre, war der Rede wert gewesen. Auch nicht die Fragen eines Kindes!

Es gab Wichtigeres. Es war ja Krieg!

Alle mußten es begreifen. Auch die Kinder! Es war nun mal keine Zeit der Freuden. Jeder Tag und jede Nacht hatten es gelehrt.

Und so war es auch keine Zeit der Zärtlichkeiten!

Krieg war ein hartes, nüchternes Wort! Es zerstörte Menschenleben. Aber nicht die Liebe! Die beiden, die mehr schweigend als redend durch die Nacht gingen, hatten es erlebt.

Als sie über den Platz des Großen Bären gingen, sagte er:

„Du, Magdalena, hast in dir die Liebe und das Vertrauen zu mir bewahrt. Und so hat man mir hier eine Beschützer-Rolle für dich zugestanden, dass ich in deinem Leben wenigstens in ge-fahrvollen Momenten für dich da sein konnte."

Sie sah ihn dankbar an und nickte nur, ohne ein Wort.

Denn sie hatte es gewußt!

Wie hatte Pavarotti gesungen: „Du bist nicht von mir vergessen ..."

Es war ein rückwirkender Trost.

„Non ti scordar di mi ..."

Im friedlichen Schein der Sterne dieser festlichen Nacht ging er dahin. Anders als damals!

Nicht mehr für immer!

*

Gipfel-Prognosen

„Wenn der Südwind vom Kamm der Berge weht, werden wir aufbrechen", hatte Cunimba gesagt.

Heute wehte er!

Sie trafen sich an der Wegkreuzung „Orion": Cunimba mit Joe, Robert und Tantem, sowie Mariann mit Nadja, Pia und Magdalena. Zusammen gingen sie im fahlen Licht des frühen Morgens den Bergen entgegen.

Die Sonne lag noch schlummernd oben hinter dem Kar. Doch bald würde sie daraus hervorgehen wie ein geheimnisvolles Atoll, das aus der Tiefe ins blaue Meer des Himmels steigt.

Die letzten Sterne begannen zu verblassen. Nur der Mond schien dem jungen Tag noch nicht weichen zu wollen. Milchig-weiß verschwamm er später in den ersten Sonnenstrahlen.

Hartnäckig hielt sich auch zunächst der Nebel über den Tälern. Doch die Sonne behauptete sich auch gegen ihn, riss hier und dort seine Schleier auf und schickte frische Morgenluft hindurch, auf dass alles unter ihnen erwache.

Cunimba führte sie auf langen sandigen Wegen durch ein weites Tal. Weidenröschen wuchsen am Wegesrand. Der süße Duft aus ihren Büschen begleitete sie. Als sie auf steinigen Vorgebirgspfaden in eine andere, herbere Vegetation abbogen, mischte sich würzig-frischer Arven- und Kiefergeruch in die Morgenluft.

Sie gingen zügig und still hintereinander. Die Berge schienen nah, aber sie wußten aus dem Leben, dass die Wege zu ihnen weit und beschwerlich waren. Rasten, so wie damals, musste man nicht mehr. Wenn, dann nur zum Schauen.

Sie erreichten die Hochebene. Großes Gestein lag auf ihrem Pfad und zwischen den Sträuchern im hohen, struppigen Gras. Wie alles Grün schienen auch die Steinquader eingewachsen in den kargen Boden, zusätzlich gehalten von den knorrigen Ästen der alten Latschenbüsche, die sich darum gewunden hatten, als wäre der Stein in ihrem Besitz. Sie ruhten in sich; vielleicht schon seit uralter Zeit.
Auf die wilden Steinbrocken hatten sich flache, rosafarbige Blumenkissen gelegt, als wollten sie sich in der Sonne wärmen. Sie wuchsen und blühten ohne erdigen Grund. Luft und Sonne, Tau und Regen genügten ihnen.
Eine wilde Berg-Orchidee entfaltete gerade ihre burgunder-roten Blüten zwischen den Sträuchern, und machte es der Aubergine-farbigen Glockenblume gleich. Auch die orange-gelbe Arnika am Rande des Pfades öffnete ihr freundliches Gesicht. Wie ein Blumenkind der Sonne strahlte sie ihr entgegen. Die Trollblumen hatten noch ihre Blätter über den runden Knospen geschlossen, und auch die weiße Anemone zwischen ihnen hatte sich noch nicht entfaltet. Aber die hohen Stiele des Frauenschuhs standen bereits im festlichen Kobalt-blau darüber.
„Bald wird der Almrausch blühen!" sagte Mariann.
„Und die wilden Azaleen. Wie zu Hause!" Sie seufzte und sah Magdalena an, in deren Gesicht auch ein wehmütiges Lächeln stand.
Joe hatte es gehört. „Ja, die Kinder der Berge!" sagte er nur und nickte verständnisvoll: "ach, die Heimatliebe!"

Sie durchquerten die weite Hochebene, in der die Natur frei vor sich hinlebte, unberührt von Menschenhand. Alles entstand hier oben aus sich selbst, wie der von Latschenbüschen umarmte Stein. Das, was da war, hatte seinen Platz. Und so wie es war, blieb es in Ewigkeit.

Tosende Wasserfälle stürzten vor ihnen zu Tal, oder fielen von felsigen Vorsprüngen, Stufe für Stufe, in weiß-schäumenden Kaskaden herab. Erst weiter unten würden sie sich in einem der Bergseen beruhigen, und in stillen, silbrigen Bächen weiter durchs untere Land ziehen.

Ihr Gebirgspfad war mittlerweile in einen langen, nicht mehr enden wollenden Zick-Zack-Anstieg durch den schottrigen Hang vor dem Einstieg in die felsigen Gipfel übergegangen. Früher waren in diesem sandigen Geröll die Schritte schwer geworden. Heute schienen sie leichter. Und dennoch mußten sie bedacht werden. Steine, die auf ihrem Pfad lagen, durften nicht zu Tal rollen; denn sie nahmen ganze Geröll-Lawinen mit sich, und überdeckten weiter unten etwas, was leben wollte. Magdalena, Mariann und auch Nadja, kannten es aus ihrem Leben.

Sie erinnerten sich auch daran, wie es sich anhörte, wenn ein Stein in die tiefen Spalten eines darunter liegenden Gletschers fiel: Er rollte bergab, sprang hin und her über die Kanten, schien daraufhin lautlos zu schweben, bis das Ende seiner Reise irgendwann in einem weit entfernten dumpfen Klang aus der Tiefe der Erde widerhallte.

Es hatte etwas Unheimliches! Auch das, wenn sie früher bei den Überquerungen über seine Spalten springen mußten. Sie hatten es mit äußerster Vorsicht und bergsteigerischem

Können getan. Aber auch Glück mußte man dabei haben. Ein Schutzengel in den Bergen war immer gut!

Wie ein Berg, war auch ein Gletscher ein unterirdischer Gigant, und hatte sein Eigenleben. Ebenso zeitlos rauschten in seinem tiefen Inneren die Wasser durch die verzweigten Eiskanäle, bildeten kleine Seen, und strömten einem Ausgang zu.
Die Welt in ihm war überwältigend, mystisch und märchenhaft schön. Aber auch schauderhaft! Ständig rumorte und polterte es in der Tiefe. Sie mußte fast unbegrenzt sein. Magdalena hatte sich im Leben davor gefürchtet.
Der geheimnisvolle Bauch eines großen Gletschers war kein Ort für den Menschen. Gab es auch immer wieder neugierige Forscher, die seine Welt erkunden wollten: Sie alle waren froh, bei ihrem Abenteuer nicht von ihm verschluckt zu werden; denn er gab nichts mehr her, was er einmal hatte. Oder vielleicht in hundert oder mehr Jahren!

Einen Gletscher hatte die Gruppe heute nicht überqueren müssen, aber ein hängendes Schneefeld an der Nordflanke des Berges. Auch dabei war Vorsicht geboten. Wie bei allem, was es zu bewältigen gab, wenn man Berge bestieg.
Ein Berg, wie ein Gletscher, verlangten Respekt und Achtung vom Menschen. Keiner von ihnen war ein Spielfeld, auf dem man sich leichtsinnig und übermütig vergnügen konnte!
In ihrer Größe und Ewigkeit belehrten sie jeden, der nicht respektvoll zu ihnen aufschaute, überall auf der Welt.
Und manchen straften sie mit dem Tode.

Die Sonne schien inzwischen erbarmungslos heiß, als sie den Fuß der hohen Flanke erreichten, durch die ein kaminähnlicher, kühler Aufstieg zum Gipfel führte.

„Die Röhre ist der Schlund des Berges", meinte Cunimba.

Als sie im Begriff waren, einer hinter dem anderen in die Enge einzusteigen, um sich über die vorstehenden Kanten nach allen Seiten hin hochzuarbeiten, flogen die ersten Steine von oben herab. Mit einem kurzen, dünnen Pfeifen spuckte der Berg das Gestein auf ihre Köpfe herab, als wolle er sich auf diese Weise gegen seine Bezwinger wehren. Die aber hatten sich eng an die Wand gedrückt, und so flog es über sie hinweg und polterte hinab durch die Rinne.

Sie verharrten noch unbeweglich, als Joes Stimme von oben herab erklang:

„Glück gehabt!"

Nur Robert musste wieder einmal spötteln:

„Was hätte uns denn passieren können? Sind wir denn nicht schon eines Todes gestorben?!"

Aber sie wußten, dass er im Stillen genauso froh war, unbeschadet geblieben zu sein, wie sie. Gegen Naturgewalten konnte man sich nicht wehren. Sie waren überall stärker als der Mensch, im Himmel wie auf der Erde!

Nach den letzten Mühen erreichten sie das Sonnenlicht auf dem Gipfel. Da standen sie nun zwischen kleinen und größeren, und zum Teil zerbröckelten Steintürmchen, und blickten über die Welt, die nun die ihre war.

Sie war groß und weit, nah vor ihnen und doch so fern! Und sie war bunt wie die Erde, die sie verlassen hatten. Ihr Paradies war überwältigend!

Tantem sah in den kleinen Türmchen, wo Stein auf Stein, und Platte auf Platte geschichtet war, Opferaltäre. Auch Cunimba erinnerten sie an die früheren Zeiten bei seinem Volk.

Pia entdeckte in der Ferne ein Blau wie das Meer. Mit dem Horizont darüber verschwamm es in seiner Farbe ohne Ende. Sie fragten sich, wo die Erde wohl sei. Weit konnte sie doch nicht sein, wo sie doch im Erdenhimmel waren!

„Gibt es denn noch andere?" wollte Tantem wissen; und Robert meinte:

„Himmel oder Erde? Beide nach meiner Meinung! Die Erde ist sicher nicht der einzig bewohnte Planet im All. Wo sollten sie sonst alle enden?"

Tantem betriff es nicht, aber er nickte. Er hatte sich noch nie Gedanken darüber gemacht. Die Erde hatte ihm für seine Existenz genügt.

Doch nun beschäftigte es ihn. Als er Robert mit großen, erschreckten Augen ansah, tätschelte dieser seinen Arm:

„Keine Sorge, Tantem: jeder ist an seinem Platz! Wir kommen uns nicht in die Quere."

Man entschloss sich zu einer längeren Rast, und ließ sich auf dem begrenzten Raum des Gipfels zwischen den Stein-männchen nieder.

Sie saßen über den Wolken. Die niedrigeren Bergspitzen ragten unter ihnen daraus hervor, als sei darunter eine andere Welt. Und das war es auch.

„Sie schwimmen in den Wolken wie die Schiffe im Kaspischen Meer!" schwärmte Nadja.

Selbst der alte, ernste Cunimba meinte, man säße hier oben wie auf einem Götterthron.

Jeder schaute in die Ferne und verlor sich in Erinnerungen an das Leben. Sie waren weit von ihm entfernt, aber hier oben schien selbst die Welt wieder nah.

„Abheben müßte man, mit einem Ballon oder Ähnlichem!" fand Nadja. „Dann könnten wir das Niemandsland überfliegen und vielleicht hingelangen!"

Sie sahen wie sie zu träumen begann, und die Wehmut sie einholte. Von den Bergen des Kaukasus erzählte sie, in denen sie oft mit ihrem Vater unterwegs gewesen war; und von dem kleinen Edelweiß, das er ihr einmal gepflückt und ins Haar gesteckt hatte. Mit ihm zusammen hatte sie die Gefahren und Freuden in den Bergen erlebt. Er war es, der die Liebe zu ihnen in ihr junges Herz gepflanzt hatte! Auch von dem warmen, süßen Reis-Datschi der Mutter sprach sie, der im großen Ofen auf sie gewartet hatte, wenn sie kamen.

In Nadjas Augen standen Tränen. Bevor sie sich weiter in Sehnsüchte verlor, nahm Magdalena sie in den Arm und beruhigte sie mit ihrer Nähe.

Groß und heiß stand die Sonne im Zenit. Keine Bergspitze, kein großes Gestein warf einen Schatten. Doch die Wärme verstrahlte im Wind, der um den Gipfel strich und sein Lied sang zwischen den Türmen.

Schwerfällig saßen sie zwischen den Steinfiguren, als gehörten sie dazu, und als wollten sie hier bleiben und eins werden mit dieser steinernen Unendlichkeit.

Still lauschten sie dem Singen des Windes. Es war ein wehmütiges Lied! Jeder von ihnen, der einmal einen Berggipfel der Erde bestiegen hatte, kannte es.

Als führte die Sehnsucht prompt in die Wirklichkeit zurück, erschallte Cunimbas mächtige Stimme in die Stille. Er zeigte mit seiner Hand auf eine Öffnung in der Wolkendecke.

„Dort! Dort ist sie in der Ferne!" rief er. „Die Erde!"

Gebannt blickten ihre Augen auf den fernen kleinen blauen Fleck, der sich langsam tief unten bewegte, drehte, formte wie ein Ball, und zugleich in einen graublauen Dunst hineinrollte, der ihn umgab. Ab und zu schien noch ein schwaches blaues Leuchten nach oben hindurch, doch dann färbte sich alles wieder grau in grau, und ging über in die unüberwindliche, dunkle Atmosphäre, die sie voneinander trennte.

„Sie hat uns wieder einmal zurückgelassen!" weinte Nadja.

„Weil wir nicht mehr dazu gehören!"

Sie ließen sie weinen, weil die Demonstration des Ausgestoßenseins über diese Fata Morgana auch in ihren Seelen einen bittersüßen Geschmack hinterlassen hatte.

Während Nadja noch vor sich hin weinte, und auch ihnen wieder klar wurde, dass sie nicht nur ein neues Paradies gewonnen, sondern auch eines verloren hatten, legte sich die Erkenntnis der Unüberwindlichkeit eiskalt auf ihr Herz.

Nur in Tantems braunen kolumbianischen Indianergesicht lag ein stilles, weises Lächeln. Und nicht die leiseste Spur von Sehnsucht.

Auch Robert hatte sich nicht von Gefühlen einlullen lassen.

Er verspüre nicht den Wunsch nach konkreten Problemen und Bedürfnissen, hatte er gemeint.

„Dieses Melodram von Freude und Leid, von Hass und Liebe, und von Leben und Sterben hat keine Wirkung mehr auf mich", sagte er nüchtern.

Mit seinem realistischen Denken führte er sie aus der Zwiespältigkeit der Gefühle.

„Seid doch froh, dass ihr nun im endgültigen Paradies angekommen seid, und euch nicht noch unterwegs in einem schwarzen Loch der Galaxis verirrt habt!

Auch ein außerirdisches Ufo hätte euch aufgreifen können, und sie hätten euch kleine Menschen vielleicht zum Spielzeug anderer Hypowesen gemacht!" spöttelte er lachend und sah, dass ihm die Frauen nicht zuhörten, weil sie immer noch ihren unerfüllbaren Sehnsüchten nachhingen.

Er ließ sie in Ruhe.

Doch sein technisch-scharfer Verstand simulierte weiter und verlor sich mehr und mehr an die Zukunft der Erde.

„Sie könnte es schon gewesen sein", meinte auch er.

„Aber wer weiß, wielange sie noch in ihrer Schönheit bestehen bleibt, wo sich doch die Stratosphäre weiter durch die Gase verdichtet! Wer weiß: Vielleicht sehen wir sie eines Tages in Gelb oder Braun, unsere schöne, grüne, blaue Erde!?" unkte er.

Niemand sagte etwas dazu. Doch sein Geist, der im Leben schon zukunftsorientiert denken mußte, beschäftigte sich weiter mit dem Thema Erde.

„Noch blüht sie auf in jedem Frühling. Und im Herbst ernten sie. Das beruhigt die Menschen dort, obwohl ihre Hirne so weit entwickelt sind, die Folgen der begangenen Sünden abzusehen, die der Todsünden, und auch die der vielen kleinen, die jeden Tag an ihrem schönen Planeten begangen werden."

Cunimba stimmte ihm zu:

„Ja, ja, der Mensch von heute ist klug genug. Doch er schließt Augen und Ohren, wenn es im Augenblick um seinen Vorteil geht. Dann klopft er mancher an seine Brust und gewährt sich Nachsicht statt Einsicht.

Sobald er aber an den Folgen seiner Versäumnisse zu leiden beginnt, ist er verwundert und gerät in Panik angesichts der Katastrophen und Krankheiten, die vielleicht aus diesen Sünden entstehen.

Und wenn die Naturgewalten über die Menschheit herfallen - und seien es auch solche, die es immer schon gab -, kommt die Angst, dann die Einsicht, und mit der Reue jene Angst, aus der heraus etwas dagegen geschieht.

Es muss wohl so sein!"

Haugh! Der alte Häuptling hatte gesprochen!

Manchmal fragten sie sich, ob er in dieser oder jener Zeit gelebt hatte. Oder, seit er hier war, in beiden zugleich?

„Gewiss", sagte Robert; „sie wissen im Allgemeinen was sie tun. Oder besser nicht täten! Ihre Gehirne arbeiten auch in der Sache auf Hochtouren. Und auch mit Weitsicht!" meinte er.

„Manche sogar mit soviel, dass sie fähig wären, ein Überleben in Generationen zu garantieren, selbst über den Untergang der Natur. Aber um welchen Preis!?" fragte er sich.

Roberts Gedanken eilten ihm voraus und fuhren weiter auf dem Gleis der Zukunft:

„Natürlich müsste der Mensch seine Lebensweise ändern. Den Konsum und die Ansprüche zurückschrauben. Um zu über-leben muss man Konzessionen eingehen, überall auf der Welt. Das war schon immer so. Erinnern wir uns doch an die Kriege und bescheidenen Zeiten danach, wo es zwangsläufig kam."

Er hatte ja Recht!

„Vorallem die Völker der Zukunft sollten nicht nur zu einem sozialen Denken zurückfinden, wie ja im Forum schon gesagt wurde, sondern eben auch zu den Entschlüssen für ein gutes Leben in intakter Natur! Dabei ist es zwingend, über die Landesgrenzen hinaus zu denken und zu planen, und sich zusammenzuschließen in einer weltweiten Katastrophenschutz-Institution, groß und stark wie ein gemeinschaftliches Heer gegen die Sünder."

Sie dachten darüber nach, und an die vielen Vereinigungen, die es schon gab. Doch diese standen mancherorts wehrlos dem Vorteilsdenken in der Welt gegenüber.

Robert fragte sich, inwieweit ein Zusammenhalt trage, wenn die Natur sich weiter in Wirbelstürmen und Flutwellen auflehnte und über Grenzen hinwegfegte?

Wenn die elektrostatischen Aufladungen der Wetter mit noch mehr Hitze und Dürre, unter einem noch größeren Strahlenpaket der Sonne, Hungersnöte und schnell fortschreitende Seuchen verursachten? Was dann?

Würde dann den Menschen womöglich die Zeit nicht mehr reichen, die Dinge zu ändern und die Schäden zu beheben?

Ganz zu schweigen von dem Unheil auf und um die atomar verseuchten Felder, die es auch weiter geben werde, wenn mittelmäßige Staaten - und auch angesehene, durchaus fortschrittliche, - Stärke und Größe zeigen würden.

Wer –oder was– würde ihre Herrschenden von ihren vergoldeten Thronen, die sie sich errichtet hatten, und auf denen sie glaubten, Mensch und Halbgott zugleich zu sein, rechtzeitig herunter holen? Die Lust auf uneingeschränkte Macht ging weiter um auf der Erde.

Ihre Art von Macht richtete viel Unheil an in der Welt, zeigte aber ein unschuldiges Gesicht. Ein lächelndes, ja lachendes Gesicht! Und es war nicht zu glauben: manchmal sogar ein vertrauenswürdiges!

Nach einigem Grübeln über die Welt wollten sie das Thema beenden. Robert noch nicht!
Es sei bald an der Zeit, dass sich die Menschen Gedanken über die Schaffung neuer Überlebensräume machen sollten, meinte er.
„Eine neue Erde! Das ist möglich!"
Als wäre er der Architekt Gottes und der Zukunft, spann er an dem Faden weiter, der seine Ideen bündelte. Sie hörten ihm zu, wußten aber nicht, woraus er hinaus wollte.
„Es ließe sich auch in überkuppelten Städten wohnen, mit festem Grund, dick und hart wie Beton. Natürlich sollten sie nicht auf einem Erdbebengraben stehen; solche Natur-gewalten brechen auch den stärksten Beton!" sagte er.
„Man macht ja schon den Versuch, sie auf wüstenhaftem Sand-boden zu errichten. Durchdacht oder sorglos, egal, wenn der Untergrund stabil genug scheint!
Ja, selbst im Meer könnten sie überleben", meinte er.
„Im Meer?" fragte Magdalena. „Würdest du schwimmende Inseln bauen? Einige davon gibt es schon im reichen Orient. Aber da ist man doch den Gewalten und Unberechenbarkeiten des Meeres ausgeliefert. Für mich wäre es kein unbedingter Ort zu überleben", fand sie.
„Nein, nicht auf dem Meer, sondern auf seinem Grund!" sagte Robert. „Könntest du dir kein neues Leben in Glas-Containern

riesigen Ausmaßes vorstellen, wenn oben auf der Erde kein Weiterleben möglich wäre?" fragte er sie.

„Darin wäre alles grün und gesund", gab er zu bedenken.

Magdalena konnte sich nicht mit dem Gedanken anfreunden.

„Nun ja, drinnen wäre das frische Grün, und aus meinem Container würde ich auf braunen, verseuchten Tang schauen, der durchs Wasser triebe. Ach Robert, das wäre keine Alternative, meinst du nicht? Du bist doch ein Realist!"

„Ein gesunder Tang könnte ein gutes Lebensmittel sein!" überlegte Robert, der an seiner Idee festhielt.

„Lass den Unsinn sein!" sagte Joe mit ruhiger Stimme.

„Es sind doch alles Phantasterein! Eine neue Erde wird nicht vom Menschen geschaffen!"

„Der Mensch denkt, Gott lenkt, lieber Joe! Er läßt sie machen", widersprach Robert.

„Und wir wissen doch: Außergewöhnliche Ideen ließen sich immer schon mit viel Geld verwirklichen.

Wer weiß, ob der Herrgott nicht auch seine Freude an solch großen Entwicklungen hätte, die einem guten Zweck dienten?"

Das glaubten denn auch die anderen.

Die Idee von der neuen Erde ließ ihn nicht mehr los. Vom Meer wechselte er in das Weltall. Robert, der Wissenschaftler aus Boston machte ihnen klar, dass es nur mehr eine Frage der Zeit sei, wo größere Raumstationen im All entstehen würden.

„Sie würden ihre Satelliten zusammenschließen, künstliches Sonnenlicht einbringen und eine perfekt angepasste Klimatisation schaffen", sinierte er vor sich hin.

„Es ist doch nur eine Frage der Technik!" meinte er logisch.

„Man ist schon auf dem Weg dorthin.

In diesen technischen Dingen sind sie weiter voraus, als wir hier denken!" sagte Robert.

„Mit ihrer neuen Erde – es könnten auch mehrere sein! – würden sie dann um ihren Mond kreisen, und vielleicht auch unseren Mond am Paradieshimmel entdecken.

Sie würden, genau wie an den anderen gigantischen Überlebensstätten, eventuell auch überheblich werden und sich noch eine eigene Sonne schaffen wollen. Und einen eigenen Himmel!" lachte er.

Aber er lachte allein. Die anderen wollten ihm nicht folgen.

Während Tantem Roberts Gesicht studierte und sich fragte, was Ernst war oder Spass und Ironie, schüttelten Cunimba und Joe immer wieder ihren greisen Kopf.

Joe sah ein Problem darin, dass darüber alle Religionen aussterben könnten.

„Eine gute Folgerung!" meinte auch Robert. Wenn ihnen diese gewagten Dinge gelängen, kämen sich die Menschen allmächtig vor. Was bräuchten sie noch für einen Gott?" fragte er.

„Was zählten noch Liebe, Ehrfurcht und Güte in diesem rein technisierten Dasein?"

„Ja, die inneren Werte ihrer Seelen gingen unbemerkt verloren!" sagte auch Magdalena, und dachte dabei an Tantems Geschichte, in der er – wenn auch aus ganz anderen Gründen – lange nicht begriffen hatte, dass eben nur diese Werte es waren, mit denen man sich im Leben die ewige Glückseligkeit verdiente: den heiligen Lohn, sein Mani sakla!

Der Wind hatte die Wärme der Mittagssonne verloren. Abgekühlt zog er zwischen den kleinen Steintürmen auf dem Gipfel hin und her.

Lag es an ihm, oder am Thema, dass sie enger zusammengerückt waren?

Robert aber führte seine wahnwitzigen Gedanken fort. Es schien, als hätten sie ein Feuer in ihm entfacht, das er mit Begeisterung schürte.

„Die Menschen werden ihre Gehirne noch mehr anstrengen müssen. So sehr, dass die brachliegenden Zellen alle beansprucht werden, die sie bis heute nicht nutzen brauchen, weil ihr Leben zu bequem geworden ist.

Jedes durchschnittliche Hirn könnte darüber einen IQ von mehr als 160 erreichen, oder weitaus mehr!", prognostizierte er.

„Am Ende dieses Entwicklungs-Schubes wird dann nicht mehr nur ihr Umfeld perfekt technisiert sein, sondern auch ihre Körper. Sie werden sie anspruchslos umrüsten, utopisch werden lassen. Zunächst werden die Mägen schrumpfen über die Eintagspille als Nahrung, weil es bequemer ist. Damit bräuchte auf einer dürren oder verseuchten Erde nichts Frisches mehr zu wachsen."

Das schien logisch. Sie lachten und Mariann meinte spöttisch: „Ach du Dreimalkluger! Ernährungspillen gibt es heute schon."

„Ja natürlich, lacht nur!" sagte er und wurde noch deutlicher: „Auch die Gebärmütter der Frauen und ihre Brüste würden überflüssig. Seht doch: die Kinder würden aus der Retorte gezeugt und mit Milchersatz-Pulver ernährt. Das gibt es doch schon lange!"

Sie führten die Liebe an, die in einer geschlechtlichen Vereinigung lag, und die einer Mutter zu ihrem ungeborenen Kind, das in ihr wuchs.

„Ach diese Liebe meinst du, Mariann? Auch wenn sie schon seit Menschengedenken auf die gleiche Weise besteht, wird auch sie sich über die Nüchternheit dieser Zeit abkühlen, und ihnen den uralten Spaß daran nehmen. Denn, wie gesagt: alles wird schrumpfen!" Er amüsierte sich über sich selbst.

Mariann aber reichte es. Sie gab ihm einen Stoß, dass er zwischen die Steinmännchen fiel. Er stöhnte als Tantem ihm half, aufzustehen.

Der alte Joe lachte.

„Fast wärst du noch über die Kante gerutscht, du Zukunftsmann ohne alles!

„Ach, wehgetan hat er sich nicht, unser Hyperintelligenz-Engel!" meinte Mariann mitleidlos.

Sie hofften, dass er nun das Thema beendete. Aber nein! Er spann weiter an seinem Faden und versuchte sie von seinen Ideen zu überzeugen:

„Aber so bedenkt doch mal allen Ernstes: Was sollten sie dann noch mit ihren Bäuchen, wenn sie eines Tages gezwungen wären, auf einem künstlichen Erdenraum zu leben, wo es kein Abfall- und Abwasserproblem mehr geben dürfte?" fragte er.

„Gegessen würde nicht und entsorgt würde nicht!

Die Bäuche dienten nur mehr als Behältnisse für die kleinen Motoren, die der Bewegung dienten, organersetzend und vom Superhirn angetrieben. Sie wären eisern, stählern, langlebig! Ersatzarbeit müsse geleistet werden von künstlichen Herzen und kleinen Lungenmaschinen, und alles würde funktionieren wie bisher: toc, toc, toc ...! Anstelle von Menschenblut pumpen sie dann chemische Säfte, eine Art Kraftstoff, durch Kunststoffschläuche. Auch die gibt es heute schon!" behauptete er.

Während die anderen schwiegen, weil sie ihn für völlig über-
geschnappt hielten, und nicht mehr mit ihm darüber
diskutieren wollten, fuhr er fort:

„Die Entwässerungs-Organe ersetzt man mit einer kleinen
Filteranlage, für den Fall aller Fälle", sagte er.

„Die Hauptsache: der Kraftstoff fließt und die Motoren laufen!"
Mariann sprang auf von ihrem Stein, stemmte die Hände in die
Seiten und stand abermals angriffslustig vor ihm.

„Du hast wohl heute schon Superbenzin getankt für dein Hirn,
damit du uns hier etwas vormachen kannst!", fauchte sie ihn
an.

Cunima mahnte zur Ruhe, und Tantem drückte sie auf ihren
Stein zurück.

Doch weiter ging es:

„Am wichtigsten seien natürlich die kleinen Hirnboxen", sagte
Robert. „Sie müßten fehlerlos konzipiert sein, Automatik-
gesteuert!"

Nadja fiel ihm ins Wort:

„Was ist mit den Seelen? Wo sind sie?"

Das wußte er nicht und fragte zurück:

„Sieht man sie heute? Du weißt doch, dass sie unsichtbar
sind."

Es war einleuchtend für Nadja. Aber dann interessierte sie
sich noch für ein anderes Thema: die Krankheiten! Ihr Vater
war ein russischer Arzt, und so dachte auch sie medizinisch logisch.

„Was soll mit ihnen sein?" meinte Robert. „Es gibt sie nicht
mehr, höchstens technische Probleme. Sieh doch: In welcher
Körperzelle sollte noch ein Krebs gedeihen? Und auch dem

Rheumatismus würde es nicht gefallen, in künstlichen Gelenken zu wohnen", meinte er und zählte weiter auf:

„Infarkte gäbe es ebenfalls nicht mehr, weder am Herzen noch am Hirn! Die kleinen Herzpumpen arbeiten dann perfekt!"

„Und Schlaf bräuchten sie auch nicht mehr, um neue Kraft zu schöpfen", folgerte Nadja.

„Und wenn", sagte Robert, „könnte man währenddessen alles auf Automatik stellen. Aber das muss ja nicht sein. Es müßte nicht mehr regeneriert werden, nur mehr repariert, liebe Nadja."

Dann schwiegen sie.

Der Wind auf dem Gipfel war rau geworden, denn er wurde nicht mehr von der Sonne gewärmt. Sie waren noch enger zusammengerückt und kauerten müde auf ihren Steinen, statt abzusteigen. Cunimba prüfte die Wetterlage und glaubte, dass der Abend ruhig bliebe.

Irgendwie waren sie mit ihren Gedanken um Roberts Phantastereien noch nicht zu Ende, obwohl, wie Mariann meinte, man könne in diesen Hirngespinsten auch den Bogen überspannen. Recht hatte sie!

Diesmal war es Pia, die sich eine solch ferne menschliche Zukunft ähnlich vorstellte. In ihrer Phantasie sprangen kleine lederne, kaffeebraune Männchen mit großen Köpfen herum, die allzeit fröhlich waren. In deren federnden Beinchen knackte es wenn sie herum gingen. Ihre Vorstellung amüsierte sie, und sie sprang auf, um ihnen zwischen den Steintürmchen diesen stockenden Gang vorzumachen. Sie und die junge Nadja fanden es lustig.

Selbst den alten Joe, der durchaus ein normaler Denker war, beschäftige nun das verrückte Thema, und er meinte:

„Klingt irgendwie schon plausibel. Aber was wäre, wenn da etwas schiefläuft in diesen programmierten Köpfen? Auch dann, obwohl alles einschätzbar und zu regulieren ist, könnte es Katastrophen geben."

„Ja, schon!" bestätigte Robert. „Es könnte sogar katastrophale Folgen haben. Sie könnten sich und ihre Welt zerstören. So wie es auch heute mit den bösen Dingen, die schon zur Verfügung stehen, ohne weiteres geschehen kann."

Er schien zu wissen, wovon er sprach, meinte aber, dass man bei jener hypersensiblen Technik Vorwarnsysteme schaffen würde mit einer automatischen Sperre, und einem Notstromaggregat, damit nichts zum Stillstand käme und alles weitergehe.

„Wenn aber doch eine wichtige Funktion zusammenbricht und alles durcheinanderbringt?" bohrte Nadja weiter.

„Dann, ja dann wird eben abgestellt!" sagte er nüchtern.

„Per Knopfdruck, Nadja! Ganz einfach!"

„Das Hirn des Menschen?" fragte sie bestürzt.

„Aber es sind doch keine richtigen Menschen mehr!" beruhigte sie Robert. „Es sind dann Maschinen, die man abschalten kann. Skrupel braucht man dabei nicht zu haben", meinte er.

„Vater sagte, dass nur Gott allein es abschalten dürfe", erinnerte sie sich.

„Und Vater sagte auch immer, Gott habe das wundersame und komplizierte Wesen Mensch geschaffen und ihm die Seele eingehaucht, die darin wohnt."

„Ja, dein Vater hat den Menschen medizinisch gesehen, und alles mit seinem ethischen Berufsdenken betrachtet. Wie gesagt: diese Wesen wären keine Menschen mehr wie Gott sie erschaffen hat!"

Cunimba seufzte und meinte:
„Wie gut, dass dein Gedanke nur „Aluna" ist, ein im Geist existierender Gedanke!"

„Schade, wenn alles so käme!" sagte Magdalena.
„Alle wertvollen, den guten Menschen ausmachende Eigenschaften, wie die Liebe und Treue, die Achtung und Toleranz, und auch die Freundschaft und Kameradschaftlichkeit würden wegfallen. In einer solchen Welt möchte ich nicht leben!"
Robert lachte.
„Die Liebe, die gute Moral, etc.: Schön und gut für den Menschen", sagte er, „aber da wären sie fehl am Platz!
Und wozu Achtung? Nicht einmal Anerkennung wäre nötig!
Nur die Leistung würde erbracht, damit die Abläufe stimmten, immerzu, rundum, and so on, so on ...!" erklärte er nochmals.
Nein, Magdalena, mit Gefühlen praktiziert man nicht in der Technik. Da geht es um die reinen Vorgänge, die nach Plan funktionieren müssen: früher, wie heute und auch übermorgen in der Welt!
Gefühle? Über sie entstehen nur zwischenmenschliche Probleme, auch am Arbeitsplatz unter den Menschen", fand er.
„Nein, nein, zählen würde nur die Übereinstimmung aller Dinge. Programmierte Kollektivität, weiter nichts!"
„Dann ist es gut, dass sie keine richtigen Seelen mehr haben!" sagte Nadja. „Die brauchen ja auch keinen Himmel mehr!" meinte sie abschließend.
Schade fanden sie es auch, dass keines dieser Wesen mehr gebildet sein bräuchte, und nur mehr programmiert, wie Robert sagte.

„Sie könnten nicht mehr lesen und schreiben!" rief Nadja in die Runde. „Nicht einmal ihren Namen!"

„Ein Superhirn studiert dann für sie", sagte Robert. „Das genügt! Ihren Namen brauchen sie nicht mehr zu schreiben. Eine Codierung, wie zum Beispiel ein X, genügt zum abzeichnen. Das gibt es heute schon!"

„Ein gutes Buch zu lesen, tat den Nerven gut!" erinnerte sich Magdalena. Doch Robert lachte:

„Nerven? Verbindungsdrähte sind ihre Nerven, wie heute, über die der Kontakt läuft. Sonst nichts!"

Auch dem stillen Tantem, der den Gesprächen in voller Konzentration gefolgt war, wurde alles zuviel. Er schüttelte den Kopf und seufzte laut. Ermutigend klopfte ihm Robert auf die Schulter und meinte:

„Sei froh, Tantem, dass du noch rechtzeitig zurückgekommen bist, sonst wärst du vielleicht auch am Ende noch als wandelnde Blechbüchse umher gestapft!"

Da musste auch Tantem lachen.

Am Ende konnte selbst der alte Cunimba sich eines Lachens nicht mehr erwehren. Doch dann verhöhnte er sie:

„Nein, nein, was redet ihr denn da? Ihr weisen Seelen, die ihrer normalen Erdenbürgerlichkeit entflohen seid!

Ihr kleinen allwissenden Götter in eurer Gipfelrunde auf einem Berg in der Ewigkeit!

Ihr Gaukler im Paradies! Ihr habt gut reden über die Gaukler der Welt! Lasst sie doch noch leben wie sie sind, in ihrem Erdenparadies!" forderte er.

„Gewiss, jede Aera geht zu Ende, und es folgen immer neue auf der Welt. Und darin wird es neue Entwicklungen geben. Auch wir haben einst über die Menschen der Steinzeit gelästert und gedacht, wir wären die Klügsten, und sie hätten uns nichts Brauchbares hinterlassen, obwohl wir ursprünglich in ihre Fußstapfen getreten sind, um uns weiterzuentwickeln.

So wird es auch später sein. Sie werden sich alles Nützliche der Vorhergehenden aneignen und verbessern, und Neues schaffen mit anderen Erkenntnissen. Jede Generation muss zukunftsorientiert denken und gestalten, auch wenn die Alten, und wir heute, die Resultate nicht mehr verstehen", sagte Cunimba.

„Aber glaubt mir: Gott wird den Menschen nicht zu einem leblosen Monster werden lassen!"

Er war uralt und weise und verstand so Vieles, dass sie sich manchmal fragten, ob sein Geist nicht hin und wieder auf der Erde weilte.

Cunimbas strenge Worte hatten das Thema beendet. Das Machtwort für ein Ende der Phantastereien war gesprochen.

„Es ist unverantwortlich, dass wir solange auf diesem Gipfel sind. Schon längst hätten wir den Rückweg antreten müssen!", sagte er ärgerlich.

„Also denn! Auf geht's, ihr Helden, die ihr gut reden habt, weil eure Aera schon vorbei ist, und ihr nun die Außerirdischen seid, die man sich da unten vielleicht wer weiß wie vorstellt!" lachte er.

Sie rüsteten sich für den Abstieg. Über den langen Aufenthalt auf dem kühlen Gipfel waren ihre Glieder lahm geworden.

Cunimba mahnte noch einmal zur absoluten Vorsicht:
„Hier ist im Augenblick unsere Realität! Und nirgendwo sonst!" sagte er streng.
Damit holte er ihre Gedanken zurück an den Berg.

Mit Bedacht stiegen sie in den schon fast dunkel gewordenen Kamin, der nach unten führte, und tasteten sich langsam Tritt für Tritt abwärts. Hatten sie danach auch wieder festeren Boden unter den Füßen, galt es noch den abschüssigen Schotterhang und das schon verharschte Schneefeld zu überqueren. Dann ging es schneller bergab.

Sie nahmen den Pfad, der am Gletschersee vorbeiführte. Wie ein Juwel in grünem Smaragd lag er vor ihnen, und „so klar wie ein Quell in Alaska!" schwärmte Joe.
An seinem wildwüchsigen Ufer ließen sie sich noch zu einer kurzen Rast nieder und genossen den Abendfrieden, der über ihm lag. Am Himmel stand schon der Mond und spiegelte sich im Wasser bis tief auf den Grund.
Der alte Joe träumte von den Bergseen Alaskas, und Mariann und Magdalena von denen der Alpen. Pia hatte wilde Blumen gepflückt, strahlend gelbe Arnikablüten, und Nadja steckte sie ihr in den schwarzen Haarzopf. Sie sang dabei ein Lied aus dem Kaukasus.
Im Morgengrauen waren sie aufgebrochen und kehrten zurück vor Beginn der Nacht. Hoch oben zwischen den kleinen Steintürmen auf dem Gipfel ruhte nun der Mond.

*

Eine kleine weißeTaube

Eigentlich hatten Magdalena und Eliza den Tag am nahen See verbringen wollen. Aber der Morgen war so schön, dass sie auf dem Uferweg bis zu den kleinen Häusern an seinem Ende weitergingen. In ihrer hellblauen Farbe schienen sie dem Blau des Himmels angepasst zu sein und wirkten einladend und freundlich.

Albaro und Isabella wohnten in einem von ihnen. Man kannte sich von Begegnungen. Die beiden waren ein altes Ehepaar aus dem spanischen Hochland. Sie waren froh, sich wiedergefunden zu haben und ihr gemeinsames Leben hier fortführen zu dürfen.

Nachdem sie die zwei Spaziergängerinnen herzlich begrüßt hatten, ließen sie sich zusammen draußen im Schatten eines Maronenbaumes nieder und verplauderten den Nachmittag.

Man kannte das Leben, das von früher und das von heute. Die beiden waren lange genug in ihrem jetzigen Dasein, dass für sie die vielen Ereignisse und Begegnungen des Lebens nicht mehr im Vordergrund standen, und sie das Leben auf der Welt mit Abstand betrachten konnten.

Albaro verglich das Menschenleben mit einem Fluss aus einem Quell, der zu seinem Ziel floss: ins Meer der Ewigkeit.

Er sagte: „Er beginnt klein wie ein Kind, wird aus dem Schoß der Erde oder eines Berges geboren, gespeist und hinausgeschickt auf seine Bahn. Er springt über Steine, die ihn hindern, stürzt und macht sich weiter auf seinen Weg. Wenn er dann stark genug ist, gräbt er sich ein eigenes Bett. Es gehört ihm,

auch dann, wenn andere Wasser hinzukommen und sich mit ihm vereinen. Er leitet sie, und führt sie über alle Hindernisse hinweg, seinem vorgegebenen Ziel zu: dem unendlichen Schoß des göttlichen Ozeans, der vom Menschen unbeherrschbar bleibt", meinte Albaro. „Es ist seine Bestimmung"! sagte er. „Und so ergeht es auch dem Menschen!"
„Das hast du schön gesagt!" fand Isabella.

Die beiden waren zufrieden, im Hier und Jetzt zu sein, und erleichtert, nicht mehr in den unruhigen Wellen ihres Flusses durchs Leben ziehen zu müssen. Albaro meinte weiter dazu: „Mochte es auch interessant und aufregend in diesem Wellengang des Lebens gewesen sein, mit all den Begegnungen und dem Schönen, was an den Ufern vorbeizog, so möchte ich nicht mehr tauschen! Gewiß; das Leben kann bunt und schön sein, und so interessant. Seine Überraschungen und Möglichkeiten sind aller Art. Sie halten den Menschen lebendig und aufgeschlossen und fordern ihn zum Mitwirken heraus, und auch dazu, die Schattenseiten zu überwinden.
Wir alle haben auch diese kennengelernt und wissen, wieviel Kraft es uns gekostet hat."
Zusammen waren sie der Meinung, dass das Schöne und Schwere zu ungleich bei den Erdenmenschen verteilt gewesen war, und für so viele Arme ein Jammertal war.
„Sie sind es dann, die in ihrem nächsten Leben besonders reich beschenkt werden", meinte Isabella; „denn sie waren ihrem Gott in ihrer Armut, ihrer Geduld und Bescheidenheit, und in unerschütterlichem Gottvertrauen näher als wir.
Aber im Großen und Ganzen betrachtet ist das Leben auf der Erde doch ein Geschenk", fand sie. „Oder nicht?"

Eliza hatte bisher geschwiegen. Aber nun widersprach sie:
„Es ist nur dann ein Geschenk, wenn man in ein schönes Leben hineingeboren wird. Sonst nicht!
Und erst recht nicht dann, wenn man von den Paradiesen weiß, und sieht, wie glücklich und gut die Menschen darin leben!" sagte sie bitter. Und fügte noch hinzu:
„Und auch dann nicht, wenn man dafür missbraucht wird, diesen Menschen ihr Leben noch mehr zu versüßen!"
Betreten schwiegen sie und nahmen Anteil an Elizas Traurigkeit. Erst als Isabella eine kleine Blume pflückte und ihr mit einem lieben Lächeln schenkte, kehrte Elizas schönes Lachen wieder zurück.
„Ja, so ist das", meinte Albaro: „Der Unterschied unserer Paradiese zeigt sich hier.
Dabei könnten sie gleich schön sein, wenn nicht die Menschen das Erdenleben erschweren würden.
Weißt du", sagte er zu Eliza: „Das Paradies ist die Liebe. Es besteht auch in den Herzen zweier sich innig liebenden Menschen, die ohne Eigennutz, und nur aus ihrer Sehnsucht zum anderen heraus lieben.
Doch paradiesische Zustände, wo auch immer sie sind, auch die in den Herzen, sind leicht zerstörbar, wenn sie nicht achtsam behandelt werden!" schloss Albaro.
Und Isabella fand:
„Aber hier sind wir doch nun alle zur Ruhe gekommen", nicht wahr? Und das ist schön! Wir haben den Unfrieden der Welt zurückgelassen und unseren ewigen Frieden gefunden. Uns plagen keine Krankheiten mehr, keine Not und kein Ärger, und alle Sorgen sind verflogen.

Hier lässt sich doch leben", sagte sie aufmunternd.

„Es ist nur anders. In diesem Paradies erfühlen wir den Menschen, seinen persönlichen inneren Wert und die Schönheit seiner Seele: eben sein wahres Ich. Unser Blick ist offen und das Gesicht ehrlich. So haben wir Vertrauen zueinander und mögen jeden; denn hier lebt das Gute!

Und was auch schön ist: wir verstehen unsere Sprachen untereinander. Das ist doch wunderbar!" schwärmte sie.

„Hier sind wir alle aufgenommen, und geborgen in Liebe und göttlichem Frieden. Es ist das, was das Herz begehrt!" sagte Isabella.

„Siehst du, Eliza: dieses große Geschenk ist der Lohn fürs Leben!"

Als sie am Ende auseinandergingen, schenkte Isabella ihnen eine kleine Schale aus getrocknetem Lehm. Sie hatte sie in Form einer aufgehaltenen Hand gefertigt. In ihr lag eine blaue Kugel mit einer kleinen weißen Taube darauf, die einen winzigen Ölzweig im Schnabel trug.

Auch auf dem Heimweg bewunderten sie noch das kleine Kunstwerk: „Gottes Hand, der die Erde hält und sich Frieden darauf wünscht!" hatte Isabella gesagt.

Auf der gemeinsamen Bank vor ihren kleinen Häusern sollte sie stehen, zum Andenken an die beiden alten Menschen, die in Liebe und Frieden gelebt, und hier ein ewiges Glück gefunden hatten: Albaro und Isabella!

*

Rosengeflüster

Die Sonne war es, die sie weckte aus den Träumen der Nacht. Ein leichter Wind spielte mit ihrem Licht, und ließ es in den wehenden Vorhängen hin und her tanzen, so dass sich deren Farben vermischten.

Halbschläfrig sah Magdalena den Lichtspielen zu und blieb noch ein wenig zwischen Tag und Traum.

Durch das halbgeöffnete Fenster hörte sie im kleinen Garten draußen die Rosen miteinander flüstern.

„Rosella, bist du schon wach?" fragte die Dunkelrote die in Rosè. Diese schien sich noch zu räkeln und antwortete mit verschlafener Stimme:

„Ja, gerade. Es wird ein schöner Tag!" gähnte sie schläfrig.

Dann reckte sie ihre blühenden Köpfe hoch und entfaltete alle ihre kleinen, zarten Blättchen. Der Duft, der daraus strömte, zog durch den Garten bis hin zu den Weißen an der Mauer, die noch zu schlafen schienen.

„Aufwachen, ihr Prinzessinnen! Es ist schon Morgen!" rief die große Rote zu ihnen herüber.

„Ihr Hochzeitsrosen mit euren weißen Kleidern seid immer die Letzten!"

Gerade als Magdalena in den Garten trat, schüttelten auch sie die Tauperlen ab, und gemeinsam begannen sie zu duften.

„Hm! Eure Düfte sind wieder mal betörend!" sagte Magdalena.

„Und so süß wie die Liebe!" rief die stolze Rote von hinten her.

„Ja, die Liebe! Möget ihr jeden Morgen für sie blühen! Hier und überall in der Welt!"

~~~

Das Leben

Das Leben ist Schönheit
bewundere sie.
Es ist eine Hymne
singe sie.
Das Leben ist Abenteuer
wage es.
Es ist eine Herausforderung
stelle dich ihr.
Oft auch Tragödie
bewältige sie.
Das Leben ist Glück
verdiene es.
Es ist ein Traum
verwirkliche ihn.
Und wenn es Seligkeit ist
genieße sie!

Mutter Teresa